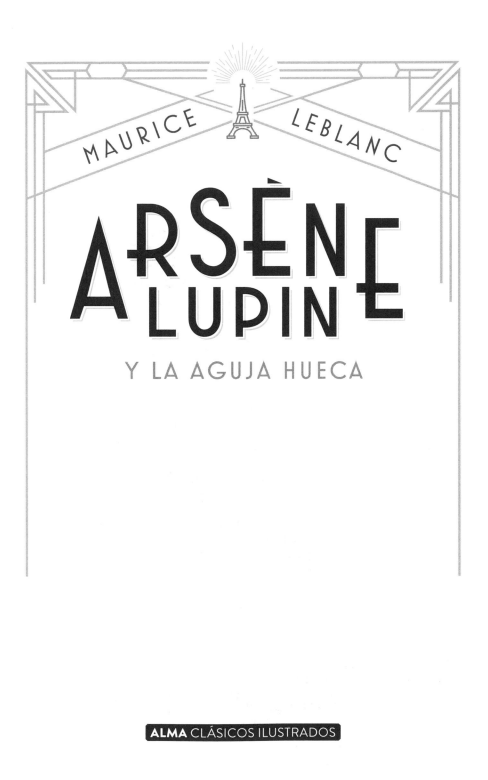

MAURICE LEBLANC

ARSÈNE LUPIN

Y LA AGUJA HUECA

ALMA CLÁSICOS ILUSTRADOS

MAURICE LEBLANC

ARSÈNE LUPIN

Y LA AGUJA HUECA

Traducción de Sofía Tros de Ilarduya

Ilustrado por
Fernando Vicente

Título original: *L'Aiguille creuse*

© de esta edición:
Editorial Alma
Anders Producciones S.L., 2023
www.editorialalma.com

 @almaeditorial

© de la traducción: Traducción de Sofía Tros de Ilarduya

© de las ilustraciones: Fernando Vicente, 2023

Diseño de la colección: lookatcia.com
Diseño de cubierta: lookatcia.com
Maquetación y revisión: LocTeam, S.L.

ISBN: 978-84-18933-75-2
Depósito legal: B-4076-2023

Impreso en España
Printed in Spain

Este libro contiene papel de color natural de alta calidad que no amarillea (deterioro por oxidación) con
el paso del tiempo y proviene de bosques gestionados de manera sostenible.

ÍNDICE

I

EL DISPARO

Raymonde aguzó el oído. Otra vez, y ya eran dos, oyó ese ruido, lo bastante nítido como para poder distinguirlo de entre todos los ruidos confusos que forman el gran silencio nocturno, pero tan débil que no habría sabido decir si sonaba cerca o lejos, si venía de dentro del enorme castillo o de fuera, de los recovecos tenebrosos del jardín.

Se levantó despacio. La ventana de su habitación estaba entornada y la abrió de par en par. La luz de la luna yacía sobre un tranquilo paisaje de césped y arboleda, donde se recortaban las trágicas siluetas de las ruinas dispersas de la antigua abadía: columnas truncadas, ojivas incompletas, un esbozo de pórtico y jirones de arbotantes. En la atmósfera flotaba un viento ligero que se deslizaba entre las ramas desnudas e inmóviles de los árboles, pero agitaba las hojitas incipientes de los macizos.

Y, de pronto, el mismo ruido... Se oía en la planta inferior, a la izquierda, es decir, en el salón del ala oeste del castillo.

Aunque Raymonde era valiente y fuerte, tuvo una angustiosa sensación de miedo. Se puso la bata y agarró las cerillas.

—Raymonde... Raymonde... —Una voz débil como un suspiro la llamaba desde la habitación contigua, que tenía la puerta abierta. Cuando

Raymonde iba a tientas hacia esa habitación, su prima Suzanne salió a su encuentro y se echó en sus brazos temblando—. Raymonde, ¿eres tú? ¿Lo has oído?

—Sí. ¿Estabas despierta?

—Supongo que me despertó el perro, ya hace un rato. Pero ha dejado de ladrar. ¿Qué hora será?

—Las cuatro más o menos.

—Escucha. Alguien anda por el salón.

—No te preocupes, Suzanne, tu padre está ahí.

—Precisamente por eso, corre peligro. Duerme al lado del saloncito.

—También está el señor Daval.

—En el otro extremo del castillo. ¿Cómo va a oír los ruidos? —Las muchachas dudaban, no sabían qué hacer. ¿Gritar? ¿Pedir ayuda? No se atrevían, porque hasta sus voces las asustaban. Entonces Suzanne, que se había acercado a la ventana, ahogó un grito—: Mira, hay un hombre cerca del estanque.

Así era, un hombre se alejaba rápidamente. Llevaba bajo el brazo algo bastante voluminoso, que le entorpecía al andar porque le golpeaba en la pierna, pero no pudieron distinguir qué era. Vieron que pasaba cerca de la antigua capilla y se dirigía hacia una puertecita que había en la muralla. La puerta debía de estar abierta, porque el hombre desapareció repentinamente sin que las dos chicas oyeran el chirrido habitual de los goznes.

—Venía del salón —murmuró Suzanne.

—No, si hubiera bajado por la escalera y pasado por el vestíbulo habría salido mucho más a la izquierda. Aunque...

La misma idea las estremeció. Se asomaron a la ventana. En la fachada, por debajo de ellas, había una escala que se apoyaba en la primera planta. Una luz tenue iluminaba el balcón de piedra. Y otro hombre, que también llevaba algo, pasó por encima de la barandilla del balcón, bajó por la escala y huyó por el mismo camino.

Suzanne estaba aterrorizada, sin fuerzas, las piernas no la sostenían.

—¡Gritemos! ¡Pidamos auxilio! –balbuceó.

—¿Y quién acudiría? ¿Tu padre? ¿Y si hay más hombres y lo atacan?

—Podríamos avisar a los criados. El timbre suena en su planta.

—Sí, sí, a lo mejor es buena idea... ¡Si llegan a tiempo!

Raymonde buscó el timbre cerca de la cama y lo pulsó. Vibró arriba y pensaron que abajo tendrían que haberlo oído claramente.

Se quedaron esperando. El silencio era espantoso; ya ni siquiera la brisa agitaba las hojas de los arbustos.

—Tengo miedo. Tengo miedo —repetía Suzanne. De repente, en plena noche, oyeron un forcejeo debajo de ellas y el estrépito de unos muebles que cayeron al suelo, unos gritos y luego un gemido ronco, horrible y siniestro, el estertor de un moribundo... Raymonde saltó hacia la puerta. Suzanne se agarró desesperadamente a su brazo—: No, no me dejes sola, tengo miedo.

Raymonde la empujó y salió corriendo por el pasillo, Suzanne la siguió inmediatamente; iba gritando, tambaleándose de una pared a otra. Raymonde llegó a la escalera, la bajó rápidamente y se precipitó hacia la enorme puerta del salón, pero, cuando llegó, se paró en seco y se quedó clavada en el umbral mientras Suzanne se abrazaba a ella. Enfrente, a tres pasos, había un hombre con una linterna en la mano. Con un movimiento enfocó la luz hacia las dos chicas y las deslumbró, les miró detenidamente la cara y luego, sin apresurarse, con la mayor tranquilidad del mundo, recogió su gorra, un papel mojado y dos briznas de paja; borró las huellas de la alfombra, se acercó al balcón, se volvió hacia ellas, se despidió con un saludo exagerado y desapareció.

Suzanne corrió la primera hacia el gabinete que separaba el salón principal del dormitorio de su padre. Al entrar, un espectáculo horrible la dejó aterrorizada. Bajo la luz oblicua de la luna se veían dos cuerpos inertes en el suelo, uno al lado del otro.

—¡Padre! ¡Padre! ¿Eres tú? ¿Qué te ha pasado? —gritó Suzanne enloquecida, inclinada sobre uno de los cuerpos.

En ese preciso instante, el conde de Gesvres se movió.

—No te asustes, no estoy herido. ¿Daval...? ¿Está vivo...? ¿El puñal? ¿Y el puñal? —dijo el conde, casi sin voz.

Justo entonces llegaron dos criados con unas velas. Raymonde se abalanzó sobre el otro cuerpo y reconoció a Jean Daval, el secretario y hombre de confianza del conde. Su cara ya tenía la palidez de la muerte.

Raymonde se levantó, volvió al salón, desenganchó una escopeta cargada de una panoplia que había colgada en la pared y corrió al balcón. En realidad, no hacía más de cincuenta o sesenta segundos que el individuo había puesto el pie en la primera barra de la escala. No podía haber llegado muy lejos, sobre todo, porque había perdido tiempo quitando la escala para que no pudieran bajar por ahí. Efectivamente, enseguida lo vio rodeando las ruinas del antiguo claustro. La muchacha empuñó el arma, apuntó tranquilamente y disparó. El hombre cayó al suelo.

—¡Le ha dado! ¡Le ha dado! A ese lo tenemos. Voy a por él —dijo uno de los criados.

—No, Victor, se levanta... Vaya usted corriendo hasta la puertecita. Solo puede escapar por ahí. —Victor se apresuró, pero antes de que hubiera llegado al jardín, el hombre volvió a caer. Raymonde llamó al otro criado—: Albert, ¿lo ve allí? Cerca del arco grande.

—Sí, arrastrándose por la hierba... Está malherido.

—Vigílelo desde aquí.

—No tiene modo de escapar. A la derecha de las ruinas solo hay césped a cielo raso...

—Y a la izquierda, Victor está vigilando la puerta —dijo Raymonde empuñando de nuevo la escopeta.

—¡Señorita, no vaya usted!

—Sí, sí —respondió Raymonde con tono resuelto y gestos bruscos—. Déjeme, me queda un cartucho. Si se mueve...

Raymonde salió. Albert la vio enseguida yendo hacia las ruinas.

—Se ha arrastrado hasta detrás de la arcada —le gritó desde la ventana—. Ya no lo veo. Tenga cuidado, señorita. —Raymonde dio la vuelta por el antiguo claustro para cortar la retirada al hombre y en ese momento Albert la perdió de vista. A los pocos minutos seguía sin verla y empezó a preocuparse; sin dejar de vigilar las ruinas, intentó alcanzar la escala para bajar por ahí, en lugar de hacerlo por la escalera. Cuando lo consiguió, bajó rápidamente y corrió directo hacia la arcada, por donde había visto al hombre la última vez. A los treinta metros, encontró a Raymonde que iba en busca de Victor—. ¿Qué ha pasado? —preguntó Albert.

—No he podido echarle el guante —respondió Victor.

—¿Y la puerta?

—Vengo de allí, aquí está la llave.

—Pero... Hay que...

—Bueno, asunto resuelto. Dentro de diez minutos tendremos a ese bandido.

En ese momento, el granjero y su hijo, a los que había despertado el disparo, llegaron desde la granja, que estaba a la derecha del claustro, bastante lejos, pero dentro de las murallas; ellos no habían visto a nadie.

—Demonios, no puede ser —maldijo Albert—, es imposible que ese sinvergüenza haya conseguido salir de las ruinas... Lo encontraremos dentro de cualquier agujero.

Organizaron una batida metódica, rebuscaron en cada matorral, apartaron las gruesas ramas de hiedra enredadas alrededor del fuste de las columnas. Se aseguraron de que la capilla estaba bien cerrada y de que no había ninguna vidriera rota. Recorrieron el claustro, registraron todos los rincones y recovecos. La búsqueda fue inútil.

Solo encontraron una gorra de cochero de cuero amarillo donde el hombre había caído cuando Raymonde lo hirió.

Avisaron a la policía de Ouville-la-Rivière y a las seis de la mañana unos agentes se presentaron en el castillo, después de haber enviado urgentemente un breve informe a la fiscalía de Dieppe explicando las circunstancias del delito, la inminente detención del principal culpable y *el hallazgo de su gorra y del puñal con el que había cometido el crimen*. A las diez de la mañana, dos carruajes bajaban por la pendiente ligera que lleva al castillo. En uno de ellos, una respetable calesa, venían el fiscal suplente y el juez de instrucción con el secretario judicial. El otro, un modesto cabriolé, lo ocupaban dos periodistas jóvenes, enviados de *Le Journal de Rouen* y de un importante diario parisiense.

El viejo castillo apareció ante sus ojos. Antiguamente había sido la residencia abacial de los priores de Ambrumésy, luego la Revolución lo destrozó y, más tarde, el conde de Gesvres, su propietario desde hacía veinte años, lo restauró. La construcción se divide en un cuerpo central, coronado por un pináculo desde donde vigila un reloj, y dos alas, cada una con una escalinata y su balaustrada de piedra. Por encima de las murallas del jardín y más allá de la planicie que llega hasta los acantilados normandos, entre las aldeas de Sainte-Marguerite y Varangeville, se ve la línea azul del mar.

En el castillo vivía el conde de Gesvres con su hija Suzanne, una criatura bella y frágil de cabello rubio, y su sobrina Raymonde de Saint-Véran, a la que había acogido dos años antes, cuando se quedó huérfana al morir sus padres a la vez. La vida en el castillo era tranquila y rutinaria. Algunos vecinos lo visitaban de vez en cuando. Durante el verano, el conde llevaba a las dos primas a Dieppe, casi a diario. Él era un hombre alto, atractivo y serio, con cabello grisáceo. Un hombre muy rico, que gestionaba él mismo su fortuna y supervisaba sus propiedades con la ayuda de su secretario Jean Daval.

En cuanto el juez de instrucción entró, el cabo de policía Quevillon le presentó las primeras investigaciones. Aún no habían atrapado al culpable, aunque su detención seguía siendo inminente, pues tenían vigiladas todas las salidas del jardín. Era imposible que se escapase.

Después, el grupo pasó por la sala capitular y el comedor, que estaban en la planta baja, y subió al primer piso. Inmediatamente, a todos les llamó la atención el orden perfecto del salón. Los muebles y los objetos decorativos parecían estar en el mismo sitio de siempre y entre ellos no había ni un hueco. A derecha e izquierda colgaban unos magníficos tapices flamencos figurativos. Al fondo, sobre el recubrimiento de la pared, había cuatro magníficas telas, con sus marcos de época, que reproducían escenas mitológicas. Eran los famosos cuadros de Rubens que el conde de Gesvres había heredado, igual que los tapices flamencos, de su tío materno, el marqués de Bobadilla, grande de España.

—Desde luego, si el robo hubiera sido el móvil del crimen, este salón no era el objetivo —comentó el juez de instrucción, el señor Filleul.

—¿Quién sabe? —respondió el suplente del fiscal, que hablaba poco, pero siempre contradiciendo al juez.

—Vamos a ver, señor mío, el primer empeño de un ladrón habría sido llevarse los tapices y estos cuadros mundialmente famosos.

—A lo mejor no tuvo tiempo.

—Eso es lo que vamos a averiguar.

En ese momento, el conde de Gesvres entró con el médico. El conde, que no parecía resentirse de la agresión, saludó a los dos magistrados. Luego abrió la puerta del gabinete.

A diferencia del salón, esa habitación, donde nadie excepto el doctor había entrado desde el crimen, estaba completamente desordenada: dos sillas volcadas, una de las mesas destrozada y varios objetos, entre otros, un reloj de viaje, un archivador y una caja de papel de cartas, tirados por el suelo. Y había algunas hojas blancas de papel desparramadas con manchas de sangre.

El médico levantó la sábana que ocultaba el cadáver. Jean Daval, vestido con un traje corriente de terciopelo y botines con refuerzos de hierro, estaba tumbado en el suelo boca arriba, con un brazo doblado por debajo del cuerpo. Le habían abierto la camisa y se veía una enorme herida que le perforaba el pecho.

—Debió de morir en el acto —aseguró el doctor—. Una puñalada fue bastante.

—¿Del puñal que he visto encima de la chimenea del salón, al lado de una gorra de cuero? —preguntó el juez.

—Sí —confirmó el conde de Gesvres—. El puñal estaba aquí mismo. Es de la panoplia del salón, de donde cogió la escopeta mi sobrina, la señorita de Saint-Véran. Y la gorra de cochero evidentemente es del asesino.

El señor Filleul siguió estudiando algunos detalles de la habitación, hizo algunas preguntas al doctor y luego pidió el señor de Gesvres que le contara lo que había visto y lo que sabía. Esto es lo que dijo el conde:

—Me despertó Jean Daval. En realidad, estaba durmiendo mal, con momentos de entre duerme y vela en los que creía oír pasos y, de pronto, al abrir los ojos, lo vi a los pies de la cama, con una vela en la mano y completamente vestido, como está ahora, porque a menudo se quedaba trabajando hasta tarde. Parecía muy nervioso y me dijo en voz baja: «Hay alguien en el salón». Efectivamente, oí ruidos. Me levanté y abrí un poco la puerta del gabinete muy despacio. En ese mismo momento, alguien empujó esta otra puerta, la que da al salón principal, y apareció un hombre que se abalanzó sobre mí y me dio un puñetazo en la sien que me dejó aturdido. Señor juez, les cuento esto sin entrar en detalles porque solo recuerdo lo esencial; todo pasó muy rápido.

—¿Y después?

—No lo sé… Cuando recobré el sentido, Daval estaba en el suelo, herido de muerte.

—Así, a bote pronto, ¿sospecha de alguien?

—De nadie.

—¿Tiene usted algún enemigo?

—No, que yo sepa.

—¿Y el señor Daval?

—¡Daval! ¡Un enemigo! Era la mejor persona del mundo. Jean Daval ha sido mi secretario y, puedo decir, mi confidente desde hace veinte años; yo solo he visto simpatía y amistad a su alrededor.

—Pero ha habido un allanamiento y se ha cometido un asesinato; tiene que haber sido por algún motivo.

—¿Un motivo? Pues el robo simple y llanamente.

—Así que le han robado algo.

—No, nada.

—¿Entonces?

—Pues, aunque no han robado nada y no falta nada, algo se han llevado.

—¿Qué?

—Lo ignoro. Pero mi hija y mi sobrina le dirán con total seguridad que vieron a dos hombres atravesar el jardín uno tras otro y que cada uno llevaba un bulto bastante voluminoso.

—Esas señoritas…

—¿Lo habrán soñado las señoritas? Me inclinaría a creerlo, porque llevo toda la mañana agotado con búsquedas y suposiciones. Pero es fácil interrogarlas.

Llamaron a las dos primas al salón principal. Suzanne, muy pálida y aún temblando, apenas podía hablar. Raymonde, más enérgica y firme, también más hermosa, con un brillo dorado en los ojos castaños, contó lo que había pasado por la noche y lo que ella hizo.

—Entonces, señorita, ¿su declaración es categórica?

—Absolutamente. Los dos hombres que pasaron por el jardín llevaban algo.

—¿Y el tercero?

—Salió de aquí con las manos vacías.

—¿Podría usted darnos su descripción?

—Estuvo deslumbrándonos con la linterna todo el rato. Como mucho puedo decir que es alto y corpulento.

—¿También le pareció a usted así, señorita? —preguntó el juez a Suzanne de Gesvres.

—Sí... O, mejor dicho, no —respondió Suzanne, recapacitando—. Yo lo vi de estatura media y delgado.

El señor Filleul sonrió; estaba acostumbrado a que los testigos de un mismo hecho discreparan.

—Así que tenemos, por una parte, a un individuo, el del salón, que es alto y bajo, gordo y delgado a la vez, y, por otra, a dos individuos, los del jardín, a los que se acusa de haber robado algo de este salón... que sigue aquí. —El señor Filleul era un juez de la escuela de los irónicos, como él decía. También era un juez al que le gustaba hablar para la galería y no desaprovechaba ninguna oportunidad para demostrar su pericia al público, como quedaba patente al ver el número cada vez mayor de personas que se agolpaban en aquella habitación. A los periodistas se habían unido el granjero, su hijo, el jardinero y su mujer, luego el personal del castillo y los dos cocheros que habían llevado los carruajes desde Dieppe—. También me parece que habría que ponerse de acuerdo sobre cómo desapareció el tercer personaje. Señorita, ¿usted disparó la escopeta desde esta ventana? —insistió.

—Sí. Cuando el hombre llegaba a la lápida que está casi cubierta de zarzas, a la izquierda del claustro.

—¿Pero se levantó?

—Solo a medias. Victor bajó inmediatamente para cubrir la puerta pequeña, yo seguí al hombre y Albert, nuestro criado, se quedó vigilando desde aquí.

Albert también prestó declaración y el juez llegó a la siguiente conclusión:

—Por lo tanto, según usted, el herido no pudo escapar por la izquierda, porque su compañero vigilaba la puerta, ni por la derecha, porque usted lo habría visto pasar por el césped. Entonces, lógicamente, en este momento, ese hombre está en el espacio relativamente reducido que tenemos delante de nosotros.

—Estoy convencido de eso.

—¿También usted, señorita?

—Sí.

—Y yo —añadió Victor.

—El campo de investigación es limitado —exclamó el fiscal suplente con tono socarrón—. Solo hay que seguir con la búsqueda que empezamos hace cuatro horas.

—A lo mejor tenemos más suerte.

El señor Filleul recogió la gorra de cuero de la chimenea, la examinó y llamó al cabo de policía.

—Cabo, envíe inmediatamente a uno de sus hombres a Dieppe, a la sombrerería Maigret y, si es posible, que el señor Maigret nos diga a quién vendió esta gorra —le ordenó en un aparte.

«El campo de investigación», en palabras del suplente, se limitaba al espacio entre el castillo, el césped de la derecha y la esquina que formaban la muralla de la izquierda con la muralla de enfrente al castillo; es decir, un cuadrilátero de unos cien metros de lado, donde se levantaban dispersas las ruinas de Ambrumésy, el famoso monasterio de la Edad Media.

Enseguida notaron que el fugitivo había pasado por ahí, porque la hierba estaba pisoteada. Descubrieron unos rastros de sangre ennegrecida, casi seca, en dos sitios. Más allá de la esquina de la arcada, que era el extremo del claustro, ya no había nada, pues la vegetación del suelo, llena de agujas de pino, no era apropiada para conservar la huella de un cuerpo. Entonces, ¿cómo habría podido escapar un hombre herido de la mirada de la jovencita, de Victor y de Albert? Allí solo había algo de maleza, que los criados y los policías habían batido, unas lápidas que habían inspeccionado por debajo..., y nada más.

El juez de instrucción mandó al jardinero, que tenía la llave, abrir la puerta de la Capilla Divina, una auténtica joya escultórica que el tiempo y las revoluciones habían respetado y que siempre se consideró una de las maravillas del gótico normando, por la fina cinceladura del pórtico y por la pequeña multitud de estatuillas. La capilla, muy austera por dentro, sin más ornamento que el altar de mármol, no facilitaba ningún escondite. Además, el herido tendría que haber entrado. ¿Y cómo?

La inspección llegó hasta la puerta pequeña, que era por donde entraban los visitantes de las ruinas. Aquella salida daba a un camino hondo, encerrado entre la muralla y el monte bajo, donde se veían canteras abandonadas. El señor Filleul se agachó: en el polvo del camino había huellas de unos neumáticos con llantas antiderrapantes. De hecho, Raymonde y Victor creían haber oído el motor de un coche después del disparo.

—El herido habrá alcanzado a sus cómplices —insinuó el juez de instrucción.

—¡Eso es imposible! —gritó Victor—. Antes de que la señorita y Victor dejaran de verlo, yo ya estaba vigilando la puerta.

—¡Pues tiene que estar en alguna parte! ¡Dentro o fuera del castillo, no hay más opciones!

—Está aquí —dijeron los criados obstinadamente.

El juez se encogió de hombros y volvió hacia el castillo, bastante taciturno. Definitivamente, el caso pintaba mal. Un robo, sin que se hubieran llevado nada, y un preso invisible no eran motivo de alegría.

Se había hecho tarde. El señor de Gesvres rogó a los magistrados y a los dos periodistas que almorzaran con él. Comieron en silencio y luego el señor Filleul regresó al salón, donde interrogó a los criados. Pero en el patio retumbó el trote de un caballo y al momento entró el policía que había enviado a Dieppe.

—¡Dígame! ¿Ha hablado con el sombrerero? —dijo en voz muy alta el juez, impaciente por conseguir de una vez algo de información.

—Vendió la gorra a un cochero.

—¡A un cochero!

—Sí, a un conductor que paró el carruaje delante de la tienda y le preguntó si podía venderle una gorra de color amarillo para uno de sus clientes. Solo le quedaba esta. La pagó sin mirar ni la talla. Tenía mucha prisa.

—¿Qué tipo de coche?

—Un cupé de cuatro plazas.

—¿Y qué día?

—¿Qué día? Pues esta mañana.

—¿Esta mañana? ¿Pero qué está diciendo?

—Que la gorra la compraron esta mañana.

—Eso es imposible, porque la encontraron anoche en el jardín. Para eso, tenía que estar ahí, por lo tanto, tuvieron que comprarla antes.

—Pues lo hicieron esta mañana. Me lo dijo el sombrerero.

Hubo un momento de desconcierto. El juez de instrucción, atónito, intentaba entender la situación. De pronto, se sobresaltó: se le había ocurrido algo.

—¡Que venga el cochero que nos trajo esta mañana! —El cabo de policía y un subordinado fueron de prisa y corriendo a las caballerizas. Pocos minutos después, el cabo volvió solo—. ¿Y el cochero?

—Le prepararon algo de comer en la cocina. Almorzó y luego...

—¿Y luego?

—Salió pitando.

—¿En su carruaje?

—No. Le pidió prestada la bicicleta al mozo de cuadra, con la excusa de ir a ver a un pariente a Ouville. Aquí tiene su gorra y su gabán.

—Pero, ¿no se iría con la cabeza descubierta?

—No, sacó del bolsillo otra gorra y se la puso.

—¿Otra gorra?

—Sí, parece ser que de cuero amarillo.

—¿De cuero amarillo? Imposible, porque la gorra está aquí.

—Es verdad, señor juez, pero la suya es igual.

Al fiscal suplente se le escapó una risita socarrona y comentó:

—¡Qué gracioso! ¡Muy divertido! Hay dos gorras... ¡Una, la auténtica, que era nuestra única prueba, se ha ido en la cabeza de un supuesto cochero! La otra, la falsa, la tiene usted en las manos. ¡Ay, ese buen hombre nos ha engañado de mala manera!

—¡Que lo atrapen! ¡Que lo traigan aquí! —gritó el señor Filleul—. ¡Cabo Quevillon, dos de sus hombres a caballo, al galope!

—Ya estará lejos —dijo el suplente.

—Por muy lejos que esté, tenemos que echarle el guante.

—Eso espero, aunque creo, señor juez, que deberíamos centrar nuestros esfuerzos sobre todo aquí. ¿Quiere usted leer el papel que acabo de encontrar en uno de los bolsillos del gabán?

—¿De qué gabán?

—El del cochero.

Y el fiscal suplente le entregó un papel doblado en cuatro en el que había unas palabras escritas a lápiz, con una letra bastante tosca:

«Ay de la señorita si ha matado al jefe».

Esas palabras provocaron cierta inquietud.

—A buen entendedor, pocas palabras bastan, estamos avisados —murmuró el suplente.

—Señor conde —interrumpió el juez de instrucción—, le ruego que no se preocupe. Ustedes tampoco, señoritas. Esta amenaza no tiene ninguna importancia, porque la justicia está aquí. Tomaremos todas las precauciones, yo respondo de su seguridad. —Luego se volvió hacia los dos periodistas y añadió—: Señores, cuento con su discreción. Ustedes han podido asistir a la investigación porque soy una persona complaciente; estaría mal que me correspondieran... —Se quedó callado como si se le hubiera ocurrido algo, miró a los dos jóvenes, se acercó a uno y le preguntó—. ¿De qué periódico es usted?

—Del *Journal de Rouen*.

—Tiene su acreditación.

—Aquí está.

El documento estaba en regla. No había nada que objetar. Entonces Filleul preguntó al otro periodista:

—¿Y usted, señor?

—¿Yo?

—Sí, usted, le pregunto cuál es su periódico.

—Dios mío, señor juez, yo escribo para varios...

—¿Y su acreditación?

—No tengo.

—¡Ah! ¿Y por qué?

—Porque para que un periódico te dé un carné, tienes que publicar a menudo en ese periódico.

—¿Y qué ocurre?

—Pues que yo solo soy un colaborador esporádico. Mando artículos a todas partes y los publican... o los rechazan, según las circunstancias.

—Entonces, ¿cómo se llama? ¿Tiene algún documento?

—Mi nombre no le dirá nada. Y no tengo documentación.

—¡No puede acreditar su profesión!

—No tengo profesión.

—Por el amor de Dios, señor —gritó el juez un poco bruscamente—, no pretenderá conservar el anonimato después de haber entrado aquí con tejemanejes y descubrir los secretos de la justicia.

—Señor juez, le rogaría que tuviera en cuenta que usted no me preguntó nada cuando llegué, así que no tenía nada que decir. Además, no me pareció que la investigación fuera secreta, porque la presenció todo el mundo, incluido uno de los culpables. —El chico hablaba en voz baja, con tono de infinita educación. Era un hombre muy joven, muy alto y delgado, que vestía un pantalón demasiado corto y un chaqué demasiado estrecho. Tenía la cara sonrosada de una jovencita, una frente ancha, una mata de pelo cortado a cepillo y una barba rubia mal afeitada. Los ojos le echaban chispas de inteligencia. No parecía nada incómodo y mostraba una sonrisa simpática sin rastro de ironía. El señor Filleul lo miraba con intensa desconfianza. Los dos policías se le acercaron. Y el chico soltó alegremente—: Señor juez, está claro que usted sospecha de mí. Pero si yo fuera uno de los cómplices, ¿no cree que habría escurrido el bulto lo antes posible, igual que mi compañero?

—Usted podía esperar...

—Cualquier esperanza habría sido absurda. Piénselo, señor juez, y estará de acuerdo conmigo en que como es lógico...

El señor Filleul lo miró fijamente a los ojos.

—¡Basta de bromas! ¿Cómo se llama? —le preguntó de malas maneras.

—Isidore Beautrelet.

—¿Y a qué se dedica?

—Soy alumno de retórica del instituto Janson-de-Sailly.

Filleul seguía mirándole a los ojos.

—Pero ¿qué dice? Alumno de retórica... —dijo bruscamente.

—Del instituto Janson, en la calle de la Pompe, número...

—Ah, claro —apostilló el señor Filleul—. ¡Usted se está riendo de mí! ¡Ya basta de juegos!

—Le confieso, señor juez, que me extraña su sorpresa. ¿Por qué no puedo ser alumno del instituto Janson? ¿Por la barba, quizá? Tranquilícese, es postiza. —Isidore Beautrelet se arrancó los rizos que le cubrían la barbilla; la cara imberbe parecía aún más joven y más sonrosada, la propia de un escolar. Y, con una sonrisa de chiquillo que dejaba ver unos dientes muy blancos, le dijo al juez—: ¿Ya está convencido? ¿Quiere más pruebas? Tenga, lea la dirección en estas cartas que me escribió mi padre: «Sr. Isidore Beautrelet, interno en el instituto Janson-de-Sailly».

Convencido o no, al señor Filleul no parecía gustarle esa explicación.

—¿Y qué hace usted aquí? —preguntó con tono malhumorado.

—Bueno..., formarme.

—Para eso están los institutos, como el suyo, por ejemplo.

—Señor juez, se olvida de que hoy es 23 de abril, estamos en plenas vacaciones de Pascua.

—¿Y qué?

—Pues que tengo derecho a pasar las vacaciones a mi antojo.

—¿Y su padre...?

—Mi padre vive lejos, en el interior de Saboya; precisamente él me aconsejó hacer un viajecito por la costa de La Mancha.

—¿Con barba postiza?

—¡Bueno! Eso no. Eso se me ocurrió a mí. En el instituto hablamos mucho de aventuras misteriosas y leemos novelas policiacas donde los protagonistas se disfrazan. Nos imaginamos un montón de cosas complicadas y terribles. Así que me apetecía divertirme y me puse una barba postiza. También tenía la ventaja de que así me tomaban en serio y me hacía pasar por periodista de París. Entonces anoche, después de más de una semana anodina, tuve el gusto de conocer a mi colega de Ruan y esta mañana, cuando nos enteramos del caso de Ambrumésy, él me propuso muy amablemente que lo acompañara y alquiláramos un carruaje a medias.

Isidore Beautrelet se explicaba con franca naturalidad, un poco ingenua, de manera que resultaba imposible no sentirse cautivado. Incluso al señor Filleul, aunque mantuviera una prudente desconfianza, le agradaba escucharlo.

—¿Y está contento con su viaje? —le preguntó Filleul con un tono menos arisco.

—¡Feliz! Nunca había participado en un asunto como este, no tiene desperdicio.

—Ni le faltan esas misteriosas complicaciones que a usted tanto le gustan.

—¡Y que son apasionantes, señor juez! A mí, lo que más me emociona es ver cómo van despejándose los hechos, cómo se agrupan unos con otros y cómo forman poco a poco la verdad probable.

—¡La verdad probable!, debe de estar bromeando, joven. ¿Quiere decir que ya ha resuelto el misterio?

—¡Claro que no! —respondió Beautrelet riendo—. Solo me parece que hay algunos puntos sobre los que uno puede formarse una opinión e incluso otros tan precisos que basta con deducir.

—¡Vaya! Esto se pone muy interesante y por fin voy a saber algo. Porque le confieso muy avergonzado que no sé nada.

—Señor juez, porque no ha tenido tiempo de pensar. Pensar es lo fundamental. Es muy raro que los hechos no conlleven su explicación. ¿No cree usted? En cualquier caso, yo solo he confirmado los hechos que aparecen registrados en el acta y ningún otro.

—¡De maravilla! Entonces, si yo le preguntara qué robaron en el salón...

—Le respondería que lo sé.

—¡Bravo! ¡El señor sabe más que el mismísimo propietario! El señor de Gesvres está satisfecho; el señor Beautrelet, no. Le faltan una biblioteca y una estatua de tamaño natural que nadie había visto nunca. ¿Y si le preguntara el nombre del asesino?

—Le respondería que también lo sé.

Todos los presentes se sobresaltaron. El fiscal suplente y el periodista se acercaron. El señor de Gesvres y las dos primas escuchaban atentamente, impresionados con la tranquila seguridad de Beautrelet.

—¿Conoce el nombre del asesino?

—Sí.

—¿Y también dónde está?

—Sí.

El señor Filleul se frotó las manos.

—¡Vaya suerte! Esta detención será el orgullo de mi carrera. ¿Puede revelarme ahora mismo esas verdades impactantes?

—Ahora mismo, sí... Aunque sería mejor, si usted no tiene inconveniente, dentro de una o dos horas, cuando haya presenciado hasta el final su investigación.

—Por supuesto que no, joven, hágalo inmediatamente...

En ese momento, Raymonde de Saint-Véran, que desde el principio de la conversación no había apartado la vista de Isidore Beautrelet, se acercó al señor Filleul.

—Señor juez de instrucción...

—¿Qué quiere usted, señorita?

La muchacha titubeó durante dos o tres segundos, mirando fijamente a Beautrelet, y luego se dirigió al señor Filleul.

—Le rogaría que preguntase al señor Beautrelet qué hacía ayer paseando por el camino hondo que lleva hasta la puertecita.

Aquello fue un giro inesperado. Isidore Beautrelet parecía confuso.

—¡Yo, señorita! ¡Yo! ¿Me vio usted ayer?

Raymonde se quedó pensativa, con los ojos clavados en Beautrelet, como si tratara de reafirmar su convicción, y luego explicó con tono pausado:

—Ayer, a las cuatro de la tarde, cuando pasaba por el bosque, me crucé, en el camino hondo, con un hombre de la misma altura que este señor, vestido como él y con una barba recortada igual a la suya... y me dio la sensación de que intentaba ocultarse.

—¿Y era yo?

—Me resultaría imposible afirmarlo rotundamente, porque el recuerdo es un poco vago. Pero... estoy casi segura... si no, el parecido sería extraño...

El señor Filleul estaba perplejo. Uno de los cómplices ya lo había engañado; ¿iba a permitir que ese supuesto estudiante se burlara de él?

—¿Qué tiene que responder a eso, señor?

—Que la señorita se equivoca y puedo demostrarlo fácilmente. Ayer, a esa hora, yo estaba en Veules.

—Habrá que comprobarlo. Habrá que hacerlo. De todos modos, las circunstancias han cambiado. Cabo, que uno de sus hombres vigile al señor Beautrelet.

Por su expresión, Isidore Beautrelet se sintió muy contrariado.

—¿Durante mucho tiempo?

—El tiempo que tarde en reunir la información necesaria.

—Señor juez, le suplico que la reúna con la mayor rapidez y discreción posibles...

—¿Por qué?

—Mi padre es mayor. Nos queremos mucho y no me gustaría que sufriese por mi culpa.

Al señor Filleul le desagradó el tono de voz lastimero. Aquello sonaba a escena melodramática. Pero le hizo una promesa:

—Esta noche, o mañana lo más tardar, sabré a qué atenerme. —Avanzaba la tarde. El juez de instrucción volvió a las ruinas del viejo claustro y allí, asegurándose de prohibir la entrada a los curiosos, dirigió él mismo la investigación paciente y metódicamente, dividiendo el terreno en parcelas y analizándolas de una en una. Pero al final del día apenas había progresado y, delante del ejército de periodistas que había invadido el castillo, declaró—: Señores, todo nos permite suponer que el herido está aquí, al alcance de la mano; todo, salvo la realidad de los hechos. Así que, en nuestra humilde opinión, debió de escapar y lo encontraremos fuera del castillo.

Pero, por precaución, se coordinó con el cabo y organizó la vigilancia del jardín; después, inspeccionó otra vez los dos salones y recorrió el castillo de arriba abajo, luego recabó toda la información necesaria y emprendió el camino de vuelta a Dieppe con el fiscal suplente.

Llegó la noche. Como el gabinete tenía que estar cerrado, habían trasladado el cadáver de Jean Daval a otra habitación. Dos lugareñas lo velaban con Suzanne y Raymonde. En la planta inferior, Isidore Beautrelet dormitaba en un banco del antiguo oratorio, bajo la atenta mirada del guardia rural que se encargaba de él. En el exterior, los policías, el granjero y una docena de campesinos hacían guardia entre las ruinas y a lo largo de la muralla.

Todo estuvo tranquilo hasta las once, pero a las once y diez un disparo retumbó al otro lado del castillo.

—Atención —gritó el cabo—. ¡Que dos hombres se queden aquí! Fossier y Lecanu. Los demás, a la carrera. —Todos se lanzaron y dieron la vuelta al castillo por la izquierda. Una silueta se escabulló en la oscuridad. E, inmediatamente, otro disparo los llevó más lejos, casi hasta la granja. Y de repente, cuando llegaban en tropel al seto que rodea el huerto, apareció una llama a la derecha de la vivienda del granjero y enseguida se levantó una gruesa columna de llamas. El granero, lleno de paja hasta arriba, estaba ardiendo—. ¡Canallas! —maldijo el cabo Quevillon—. Le han prendido fuego. ¡Chicos, a por ellos! No pueden estar lejos. —Pero la brisa empujaba las llamas hacia el cuerpo central del castillo y antes de nada había que evitar el peligro. Todos se esforzaron con tanto ahínco que el señor de Gesvres, que había llegado corriendo hasta allí, los animó con la promesa de una recompensa. Cuando dominaron el incendio eran las dos de la mañana. Perseguir entonces a los bandidos habría sido inútil—. Revisaremos la zona a la luz del día —dijo el cabo—. Seguramente habrán dejado huellas... Los encontraremos.

—Y no me disgustaría saber por qué han provocado este incendio —añadió el señor de Gesvres—. Prender fuego a los fardos de heno me parece completamente inútil.

—Venga conmigo, señor conde, quizá yo pueda decírselo. —Quevillon y el conde llegaban juntos a las ruinas del claustro. El cabo llamó—: ¿Lecanu? ¿Fossier? —Otros policías empezaron a buscar a los compañeros que se habían quedado de guardia. Por fin los encontraron delante de la puerta pequeña. Estaban tirados en el suelo, atados, amordazados y con una venda en los ojos—. Señor conde —murmuró el cabo mientras los desataban—, nos han engañado como a novatos.

—¿Por qué?

—Los disparos, el ataque, el incendio, todo eran distracciones para llevarnos a la granja... Una diversión. Y mientras tanto ataron a nuestros dos hombres y se terminó el asunto.

—¿Qué asunto?

—¡Por Dios, la evacuación del herido!

—Vamos, ¿eso cree usted?

—¡Sí, eso creo! Es la auténtica realidad. Se me ocurrió hace diez minutos. Soy un imbécil por no haberlo pensado antes. Los habríamos atrapado a todos. —Quevillon pateó el suelo con un repentino ataque de rabia—. ¿Pero dónde, maldita sea? ¿Por dónde pasaron? ¿Por dónde se lo llevaron? ¿Y dónde se escondía ese bandido? Porque al fin y al cabo hemos pasado todo el día batiendo el terreno y una persona no se esconde en una mata de hierba, sobre todo si está herida. ¡Es cosa de magia!

Pero al cabo Quevillon le esperaban más sorpresas. Al amanecer, cuando entraron en el oratorio que hacía las veces de celda para Beautrelet, comprobaron que el muchacho había desaparecido. Encorvado en una silla dormía el guardia rural. A su lado, había una jarra de agua y dos vasos. En el fondo de uno se veía un poco de polvo blanco.

Después de un examen, quedó probado, primero, que Beautrelet había suministrado un narcótico al guardia rural. Segundo, que solo había podido escapar por una ventana a dos metros y medio de altura. Y, por último, un detalle encantador: que solo había podido llegar a la ventana usando la espalda de su vigilante a modo de estribo.

II
ISIDORE BEAUTRELET, ALUMNO DE RETÓRICA

Fragmento de *Le Grand Journal:*

NOTICIAS DE LA NOCHE
SECUESTRO DEL DOCTOR DELATTRE
UN GOLPE DE UNA OSADÍA DEMENCIAL

En el momento de entrar en imprenta, recibimos una noticia que no nos atrevemos a confirmar, porque nos parece completamente inverosímil. Por tanto, la publicamos con todas las reservas.

Anoche, el doctor Delattre, un famoso cirujano, asistía con su mujer y su hija a la representación de *Hernani* en el Teatro Nacional de Francia. Al principio del tercer acto, es decir, hacia las diez de la noche, se abrió la puerta de su palco; un señor, al que acompañaban dos más, se inclinó hacia el doctor y le dijo en voz lo bastante alta como para que la señora Delattre lo oyera:

—Doctor, tengo una difícil misión y le agradecería mucho que me facilitara la tarea.

—¿Quién es usted, señor?

—Thézard, comisario de policía, y se me ha ordenado llevarlo ante el señor Dudouis, a la prefectura.

—Pero, bueno...

—Doctor, ni una palabra, se lo suplico, ni un movimiento. Hay un error lamentable y, por ese motivo, tenemos que actuar en silencio y sin llamar la atención. Estará de vuelta antes de que acabe la representación, se lo aseguro.

El doctor se levantó y siguió al comisario. Cuando acabó la representación, no había regresado.

La señora Delattre, muy preocupada, se presentó en la comisaría de policía. Allí encontró al auténtico Thézard y, horrorizada, comprendió que el individuo que se había llevado a su marido era un impostor.

Las primeras investigaciones revelaron que el doctor había subido a un coche y que ese coche se alejó en dirección a Concorde.

Seguiremos informando a nuestros lectores sobre este increíble suceso en la segunda edición.

Por muy increíble que pareciese, el suceso era verídico. El desenlace, por cierto, no tardó en llegar, y *Le Grand Journal* confirmaba la noticia en la edición de mediodía, al mismo tiempo que publicaba resumido el golpe de efecto con el que terminaba:

El final de la historia
y el principio de las conjeturas

Esta mañana, a las nueve, un automóvil, que se alejó de inmediato a gran velocidad, dejó al doctor Delattre en el número 78 de la calle Duret. En esa dirección está la clínica del doctor, adonde llega todas las mañanas a esa misma hora.

Nos presentamos allí y el doctor, que estaba reunido con el jefe de la Seguridad, tuvo la amabilidad de recibirnos.

—Todo lo que puedo decir —explicó— es que me trataron con la máxima consideración. Las tres personas que me acompañaron son la gente más amable que conozco, exquisitamente educados, ingeniosos y buenos conversadores, algo nada desdeñable, si tenemos en cuenta que el viaje fue largo.

—¿Cuánto tiempo duró?

—Cuatro horas más o menos.

—¿Y cuál era el objetivo del viaje?

—Me llevaron hasta un enfermo cuyo estado exigía una intervención quirúrgica inmediata.

—¿Y salió bien la operación?

—Sí, pero temo las consecuencias. En mi clínica respondería del enfermo. Pero donde está y en esas condiciones...

—¿Las condiciones son malas?

—Execrables... Está en la habitación de un albergue, sin absolutamente ninguna posibilidad de recibir tratamiento, por explicarlo de algún modo.

—Entonces, ¿cómo va a salvarse?

—Por un milagro y también por su constitución, que es extremadamente fuerte.

—¿Y no puede decir nada más del extraño paciente?

—No. En primer lugar, lo he jurado, y, en segundo, he recibido diez mil francos a favor de mi clínica pública. Si no guardo silencio, me retirarán el dinero.

—¡Vamos! ¿Usted cree?

—Pues sí, sí lo creo. Esas personas me parecen muy serias.

Estas son las declaraciones del doctor.

Por otra parte, sabemos que el jefe de la Seguridad aún no ha conseguido sacarle más información sobre la operación, ni sobre el enfermo, ni sobre el recorrido que hizo en automóvil. Así que parece difícil conocer la verdad.

Las mentes un poco lúcidas intuyeron esa verdad, que el redactor de la entrevista se reconocía incapaz de descubrir, simplemente relacionándola con lo que había ocurrido en el castillo de Ambrumésy la noche anterior, sucesos sobre los que todos los periódicos informaban con gran lujo de detalles ese mismo día. Era obvio que entre la desaparición de un ladrón herido y el secuestro de un famoso cirujano había una coincidencia a tener muy en cuenta.

De hecho, la investigación demostró la exactitud de la hipótesis. Al seguir la pista al supuesto cochero que había huido en bicicleta, se estableció que había llegado al bosque de Arques, a unos quince kilómetros del castillo;

que allí tiró la bicicleta en una zanja y luego fue a Saint-Nicolas, donde envió un telegrama que decía lo siguiente:

A. L. N., Oficina 45, París.
Situación desesperada. Operación urgente.
Enviad eminencia médica por nacional catorce.

La prueba era irrefutable. Una vez avisados, los cómplices de París tomaron medidas a toda prisa. A las diez de la noche enviaron a la eminencia médica por la carretera nacional 14, que va bordeando el bosque de Arques y lleva hasta Dieppe. Mientras tanto, la banda de ladrones, amparándose en el incendio que ellos mismos habían provocado, recogió a su jefe y lo trasladó a un albergue, y allí, en cuanto el doctor llegó, hacia las dos de la mañana, lo operó.

Sobre eso, no había dudas. El inspector jefe Ganimard, enviado especialmente desde París, con el inspector Folenfant, comprobó que, la noche anterior, un automóvil había pasado por Pontoise, Gournay y Forges. Y también por la carretera de Dieppe a Ambrumésy; pero, aunque su rastro se perdió repentinamente, a unos dos kilómetros y medio del castillo, al menos vieron muchas huellas de pasos entre la puerta pequeña del jardín y las ruinas del claustro. Además, Ganimard señaló que la cerradura de la puerta pequeña estaba forzada.

Así se explicaba todo. Faltaba por localizar el albergue que mencionó el doctor. Tarea fácil para un Ganimard con mucho olfato, paciente y antiguo policía de carreteras. Había un número limitado de albergues y, dado el estado del herido, el que buscaban tenía que estar por los alrededores de Ambrumésy; Ganimard y el cabo se pusieron manos a la obra. Examinaron y registraron todo lo que podía parecer un albergue en quinientos, mil y cinco mil metros a la redonda. Pero, contra todo pronóstico, el moribundo se empeñaba en seguir invisible.

Ganimard ponía todo su empeño. El sábado por la noche fue a dormir al castillo, para llevar su propia investigación el domingo. Ahora bien, el domingo por la mañana supo que, esa misma noche, unos policías de ronda habían visto una silueta escabulléndose por el camino hondo, fuera de las murallas. ¿Sería un cómplice que volvía para conseguir información? ¿Habría que suponer que el jefe de la banda seguía en el claustro o por los alrededores?

Por la noche, Ganimard dirigió abiertamente la brigada de policías hacia la granja, pero él, con Folenfant, se ocultó fuera de las murallas, cerca de la puerta.

Un poco antes de medianoche, un individuo salió del bosque, pasó corriendo entre ellos, atravesó la puerta y entró en el jardín. Durante tres horas, lo vieron deambulando entre las ruinas, se agachaba, trepaba por los viejos pilares y, a veces, se quedaba quieto varios minutos. Luego se acercó a la puerta y volvió a pasar entre los dos inspectores.

Ganimard lo sujetó del pescuezo mientras Folenfant se enfrentaba a él. No opuso resistencia y, con la mayor docilidad del mundo, se dejó maniatar y llevar al castillo. Pero cuando quisieron interrogarlo, respondió simplemente que no les debía ninguna explicación y que esperaría a que llegase el juez de instrucción.

Entonces lo ataron con firmeza al pie de la cama, en una de las dos habitaciones contiguas que ellos ocupaban.

El lunes, en cuanto llegó el señor Filleul, a las nueve de la mañana, Ganimard le informó de la detención de un sospechoso. Mandaron traer al prisionero. Era Isidore Beautrelet.

—¡Señor Isidore Beautrelet! —gritó el juez Filleul muy contento, tendiendo la mano al recién llegado—. ¡Qué magnífica sorpresa! ¡Nuestro excelente detective aficionado está aquí! ¡A nuestra disposición! ¡Esto sí que es una suerte! Señor inspector, permítame que le presente al señor Beautrelet, alumno de retórica del instituto Janson-de-Sailly.

Ganimard parecía bastante desconcertado. Isidore lo saludó en voz muy baja, como si fuera un colega cuyo valor reconocía, y se volvió hacia el señor Filleul.

—Al parecer, señor juez, ha recibido buenos informes sobre mí.

—¡Perfectos! En primer lugar, es cierto que usted estaba en Veules-les-Roses cuando la señorita de Saint-Véran creyó verlo en el camino hondo. Identificaremos a su doble, no lo dude. En segundo lugar, usted es, también

sin duda, Isidore Beautrelet, alumno de retórica, y además un excelente alumno, trabajador y de comportamiento ejemplar. Su padre vive en provincias, usted sale del internado una vez al mes a casa del señor Bernod, el agente de su padre, quien no escatima elogios hacia usted.

—Entonces...

—Queda usted en libertad.

—¿Completamente libre?

—Completamente. Bueno, pero pongo una pequeñísima condición. Comprenderá usted que no puedo poner en libertad a un señor que administra narcóticos, que se escapa por las ventanas y al que luego detienen en flagrante delito de vagabundeo en una propiedad privada; no puedo hacerlo sin una compensación.

—Le escucho.

—¡Vaya! Entonces, retomaremos nuestra conversación interrumpida y usted me dirá cómo va su investigación... En dos días de libertad ha tenido que llegar muy lejos. —Y cuando Ganimard se disponía a salir, expresando exageradamente su desprecio por ese tipo de ejercicio, el juez le dijo—: No, no, señor inspector, su sitio está aquí... Le aseguro que merece la pena escuchar al señor Isidore Beautrelet; de acuerdo con mis informaciones, en el instituto Janson-de-Sailly se ha labrado la fama de ser un observador al que no se le escapa nada y sus compañeros, según me han dicho, creen que le imita a usted, que es el rival de Herlock Sholmès.

—No me diga... —dijo Ganimard irónicamente.

—Pues sí, uno de ellos me escribió lo siguiente: «Si Beautrelet dice que sabe, hay que creerlo y lo que diga, no le quepa duda, será la expresión exacta de la realidad». Señor Isidore Beautrelet, ha llegado el momento de justificar la confianza de sus compañeros. Se lo ruego, denos la expresión exacta de la realidad.

Isidore escuchaba al juez de instrucción sonriendo.

—Señor juez, es usted cruel. Se burla de los pobres estudiantes que se divierten como pueden. De hecho, tiene toda la razón, no le daré más motivos para que me ridiculice —respondió.

—Eso es porque no sabe nada, señor Isidore Beautrelet.

—Así es, humildemente le confieso que no sé nada. Porque yo no llamo «saber algo» a descubrir dos o tres puntos más precisos que, además, a usted no se le han podido escapar, de eso estoy seguro.

—¿Por ejemplo?

—Por ejemplo, el propósito del robo.

—¡Vaya! Entonces conoce el propósito del robo.

—Estoy convencido de que usted también. De hecho, es lo primero que investigué, me parecía lo más fácil.

—¿De verdad lo más fácil?

—Dios mío, claro que sí. Basta con un razonamiento.

—¿Nada más?

—Nada más.

—¿Y cuál es el razonamiento?

—Aquí está, libre de todo comentario. Por una parte, *se ha cometido un robo,* porque las dos señoritas están de acuerdo: ambas vieron realmente a dos hombres huyendo con algo.

—Se ha cometido un robo.

—Por otra parte, *no falta nada,* porque así lo asegura el señor de Gesvres y quién mejor que él para saberlo.

—No falta nada.

—De estos dos hechos resulta inevitablemente una consecuencia: si se ha cometido un robo y no falta nada, es porque el objeto robado se ha sustituido por otro idéntico. Pudiera ser, y me apresuro a decirlo, que los hechos no confirmen el razonamiento. Pero creo que es lo primero que debemos plantearnos y que solo podemos permitirnos descartarlo después de una investigación profunda.

—Es verdad… Es verdad —murmuró el juez, visiblemente interesado.

—Ahora bien, ¿qué había en este salón que pudieran codiciar los ladrones? —continuó argumentando Isidore—. Dos cosas. La primera, los tapices. Pero eso no puede ser. Es imposible falsificar un tapiz antiguo, el fraude saltaría a la vista. Quedarían los cuatro Rubens.

—¿Qué dice?

—Digo que los cuatro Rubens de la pared son falsos.

—¡Es imposible!

—Los cuadros son falsos, *a priori,* inevitable y categóricamente.

—Repito que eso es imposible.

—Pronto hará un año, señor juez, un hombre que decía llamarse Charpenais vino al castillo de Ambrumésy y pidió permiso para copiar los Rubens. El señor de Gesvres se lo concedió. Durante cinco meses, Charpenais trabajó a diario en este salón de la mañana a la noche. Las copias que hizo, marcos y telas, son las que ahora ocupan el lugar de los cuatro grandes cuadros originales que el señor de Gesvres heredó de su tío, el marqués de Bobadilla.

—¿Qué pruebas tiene?

—No puedo darle ninguna. Un cuadro es falso porque es falso y considero que ni siquiera hace falta examinar estos.

El señor Filleul y Ganimard se miraban sin ocultar su sorpresa. El inspector ya no pensaba en marcharse.

—Necesitaríamos el dictamen del señor de Gesvres —murmuró finalmente el juez.

—Necesitaríamos su dictamen —asintió Ganimard.

Y ordenaron que pidiesen al conde que fuera al salón.

El joven retórico se adjudicaba una auténtica victoria. Obligar a dos expertos, a dos profesionales como el señor Filleul y Ganimard a tener en cuenta su hipótesis era algo de lo que cualquier otra persona se hubiera sentido orgulloso. Pero Beautrelet parecía insensible a esas pequeñas satisfacciones de la vanidad y esperaba sonriendo sin la menor ironía. El señor de Gesvres entró en el salón.

—Señor conde —dijo el juez de instrucción—, el desarrollo de nuestra investigación nos lleva a una circunstancia completamente imprevista que le exponemos con toda reserva. Podría ser... Digo: podría ser... que el objetivo de los ladrones, al entrar en el castillo, fuera robar los cuatro Rubens o al menos cambiarlos por cuatro copias..., copias que habría ejecutado hace un año un pintor llamado Charpenais. ¿Quiere usted examinar los cuadros y decirnos si cree que son auténticos?

El conde pareció reprimir un gesto de irritación, miró a Beautrelet, luego al señor Filleul y, sin tomarse la molestia de acercarse a los cuadros, respondió:

—Señor juez, esperaba que la verdad no saliera a la luz. Como no ha sido así, declaro sin dudar: los cuatro cuadros son falsos.

—Entonces, ¿usted lo sabía?

—Desde el primer momento.

—¿Y por qué no lo dijo?

—Al propietario de una obra de arte nunca le apremia decir que esa obra no es... o ha dejado de ser auténtica.

—Sin embargo, era la única manera de recuperarlas.

—Había otra mejor.

—¿Cuál?

—No divulgar el secreto, no asustar a los ladrones y proponerles la compra de los cuadros, que deben de estorbarles un poco.

—¿Y cómo se comunica con ellos?

El conde no respondió, pero lo hizo Isidore:

—Con un anuncio en los periódicos. *Le Journal* y *Le Matin* han publicado este anuncio: «Estoy dispuesto a comprar los cuadros».

El conde asintió con la cabeza. Una vez más, Beautrelet superaba a los mayores.

El señor Filleul supo reconocerlo.

—Definitivamente, señor mío, empiezo a creer que sus compañeros no se equivocan en absoluto. ¡Caray, qué vista! ¡Qué intuición! Como siga así, el señor Ganimard y yo no tendremos nada que hacer aquí.

—¡Bueno, no era muy complicado!

—¿Quiere decir que el resto tiene mayor dificultad? Porque recuerdo que cuando hablamos la primera vez, usted parecía saber más. Vamos a ver, si no me falla la memoria, ¿usted aseguraba conocer el nombre del asesino?

—Así es.

—¿Y quién mató a Jean Daval? ¿Ese hombre está vivo? ¿Dónde se esconde?

—Señor juez, hay un malentendido entre nosotros o, mejor dicho, hay un malentendido entre usted y la realidad de los hechos y así es desde el principio. El asesino y el fugitivo no son el mismo individuo.

—¿Qué dice? —gritó el señor Filleul—. El hombre que el señor de Gesvres vio en el gabinete y contra el que luchó, el hombre que vieron las jovencitas en el salón y al que disparó la señorita de Saint-Véran, el hombre que cayó en el jardín, al que estuvimos buscando, ¿ese hombre no mató a Jean Daval?

—No.

—¿Descubrió usted huellas de un tercer cómplice que habría desaparecido antes de que llegaran las señoritas?

—No.

—Entonces, ya no entiendo nada... ¿Quién asesinó a Jean Daval?

—A Jean Daval lo mató... —Beautrelet guardó silencio, se quedó pensativo un momento y luego siguió hablando—. Pero antes tengo que revelar el camino que seguí para llegar a la verdad y los motivos exactos del asesinato..., de lo contrario, mi acusación les parecería monstruosa, y no lo es... No lo es. Hay un detalle en el que nadie se fijó y sin embargo es muy importante: cuando apuñalaron a Jean Daval, estaba completamente vestido y calzaba botines de marcha, en definitiva, vestía de calle. Ahora bien, el crimen se cometió a las cuatro de la mañana.

—Yo señalé eso tan raro —dijo el juez—, pero el señor de Gesvres comentó que Daval pasaba buena parte de la noche trabajando.

—Pues los criados dicen, al contrario, que normalmente se retiraba muy temprano. Bueno, admitamos que estaba levantado: ¿por qué deshizo la cama para dar a entender que estaba acostado? Y si estaba acostado, ¿por qué al oír ruidos se tomó la molestia de vestirse de pies a cabeza en lugar de ponerse cualquier cosa? El primer día, mientras ustedes comían yo examiné su habitación: las zapatillas estaban a los pies de la cama. ¿Qué le impedía ponérselas en vez de calzarse los incómodos botines reforzados?

—Hasta ahora, no veo...

—Porque hasta ahora, es cierto, solo puede ver detalles raros. Pero, cuando supe que fue Jean Daval quien presentó al copista de los Rubens, Charpenais, al conde, me pareció muy sospechoso.

—¿Y qué?

—¡Y qué! De ahí a deducir que Jean Daval y Charpenais eran cómplices solo hay un paso. Ese paso lo di durante nuestra conversación.

—Un poco rápido, me parece.

—Es verdad, necesitaba una prueba material. Pues bien, en la habitación de Daval, en una de las hojas del protector de escritorio donde escribía, encontré una dirección que, por cierto, aún sigue ahí, y que se había calcado del revés con el papel secante: «A. L. N., oficina 45, París». Al día siguiente, descubrí que la persona que se hizo pasar por cochero envió un telegrama desde Saint-Nicolas a la misma dirección: «A. L. N., oficina 45». Tenía la prueba material: Jean Daval se comunicaba con la banda que había organizado el robo de los cuadros.

El señor Filleul no puso ninguna objeción.

—De acuerdo. La complicidad ha quedado probada. ¿Y usted qué conclusión saca de ahí?

—De entrada, lo siguiente: el fugitivo no mató a Jean Daval porque eran cómplices.

—¿Entonces?

—Señor Juez, recuerde usted la primera frase que dijo el señor de Gesvres cuando recobró el conocimiento. La frase, referida por la señorita de Gesvres, está en el acta: «No estoy herido. ¿Daval...? ¿Está vivo...? ¿Y el puñal?». Y le ruego que la coteje con la parte de la declaración, también registrada en el acta, en la que el señor de Gesvres cuenta la agresión: «El hombre se abalanzó sobre mí y me dio un puñetazo en la sien que me dejó aturdido». Si el señor de Gesvres estaba inconsciente, ¿cómo podía saber, cuando recuperó el conocimiento, que habían apuñalado a Daval?

—Beautrelet no esperó la respuesta a su pregunta. Parecía tener prisa por hacerlo él e impedir cualquier comentario. Inmediatamente continuó—. Así que Jean Daval lleva a los tres ladrones al salón. Mientras está con el que llaman jefe, se oye un ruido en el gabinete. Daval abre la puerta. Ve al señor de Gesvres y se abalanza sobre él con el puñal en mano. El señor de Gesvres consigue arrancárselo, lo apuñala, pero también él cae al suelo de un puñetazo que le propina el individuo que las dos señoritas verían minutos después.

El señor Filleul y el inspector Ganimard se miraron otra vez. Ganimard asintió con aire desconcertado.

—Señor conde, ¿tengo que creer que esta es la versión auténtica? —preguntó el juez. El señor de Gesvres no respondió—. Vamos a ver, señor conde, su silencio nos permitiría suponer...

—Esta versión es exacta punto por punto. —afirmó con toda claridad el señor de Gesvres.

El juez se sobresaltó.

—Pues no entiendo por qué indujo usted a error a la justicia. ¿Por qué ocultó un acto que tenía derecho a cometer en legítima defensa?

—Daval llevaba más de veinte años trabajando a mi lado —dijo Gesvres—. Yo confiaba en él. Me proporcionó unos servicios inestimables. Aunque me traicionara, por no sé qué tentaciones, yo no quería, por nada en el mundo, en recuerdo del pasado, que se supiera esa traición.

—Usted no quería, de acuerdo, pero usted debía...

—No comparto su opinión, señor juez. Mientras no hubiera un inocente acusado, yo estaba en mi perfecto derecho de no denunciar a una persona que era culpable y víctima a la vez. Está muerto. Considero que la muerte ya es bastante castigo.

—Pero ahora, señor conde, ahora que sabemos la verdad, puede usted hablar.

—Sí. Aquí tiene los borradores de dos cartas que Daval escribió a sus cómplices. Los encontré en el interior de su cartera, minutos después de que falleciera.

—¿Y el móvil del robo?

—Vaya usted a Dieppe, a la calle de la Barre, número 18. Ahí vive una tal señora Verdier. Daval la conoció hace dos años y me robó por ella, para solventar las dificultades económicas de esa mujer.

Así se aclaraba todo. El drama surgía de las sombras y poco a poco salía a la luz.

—Continuemos —dijo el juez Filleul, cuando se retiró el conde.

—Dios mío—añadió Beautrelet alegremente—, estoy agotado.

—Pero ¿el fugitivo?, ¿el herido?

—Sobre eso, señor juez, usted sabe tanto como yo... Usted ha seguido su rastro en la hierba del claustro... Usted sabe...

—Sí, lo sé... pero después se lo llevaron, y querría indicaciones sobre el albergue...

Isidore estalló en carcajadas.

—¡El albergue! ¡El albergue no existe! Es un truco para despistar a la justicia, un truco ingenioso porque ha dado resultado.

—Pero el doctor Delattre afirma...

—¡Vaya! —protestó Beautrelet con tono convincente—. Precisamente porque el doctor Delattre lo afirma, no hay que creerlo. ¿Cómo? ¡El doctor solo quiso dar detalles muy vagos de su aventura! No quiso decir nada que pudiera poner en riesgo al paciente... ¡Y, de pronto, dirige la atención hacia un albergue! Pueden estar seguros de que si el doctor Delattre pronunció la palabra «albergue» fue únicamente porque se lo ordenaron. Pueden estar seguros de que toda la historia nos la contó al dictado, bajo amenazas de represalias terribles. El doctor tiene mujer e hija. Las quiere demasiado como para desobedecer a una gente cuyo extraordinario poder ha sufrido en sus propias carnes. Por eso les proporcionó a ustedes unas indicaciones muy precisas.

—Tan precisas que no podemos encontrar el albergue.

—Tan precisas que no dejan de buscarlo, por muy inverosímil que sea, y que han desviado sus miradas del único lugar en el que ese hombre puede estar, de ese sitio misterioso del que no ha salido, del que no ha podido salir desde el instante en el que consiguió meterse, como un animal en su guarida, después de que la señorita de Saint-Véran lo hiriese.

—¿Dónde está?, maldita sea.

—En las ruinas de la antigua abadía.

—¡Pero si en realidad ya no hay ruinas! ¡Apenas quedan alguna pared y unas cuantas columnas!

—Señor juez, se esconde ahí —gritó Beautrelet con energía—. ¡Tiene que concentrar la búsqueda en las ruinas! ¡Solo ahí y nada más que ahí encontrará a Arsène Lupin!

—¡Arsène Lupin! —exclamó el señor Filleul sobresaltado.

Se hizo un silencio un poco solemne por el que se prolongaron las sílabas del famoso nombre. Arsène Lupin, el gran aventurero, el rey de los ladrones... ¿Sería cierto que el enemigo vencido, aunque invisible, al que se empeñaban en buscar inútilmente desde hacía varios días fuera Lupin? ¡Atrapar y detener a Arsène Lupin supondría un ascenso inmediato, la fortuna, la gloria para el juez que instruyera el caso!

Ganimard no había rechistado.

—Inspector, ¿está de acuerdo conmigo? —preguntó Isidore.

—¡Por supuesto!

—Usted, igual que yo, nunca ha dudado de que este golpe lo había organizado Lupin, ¿no es así?

—¡Ni por un segundo! Lleva su firma. Un golpe de Lupin se distingue de cualquier otro como el día de la noche. Solo hay que tener los ojos abiertos.

—Usted cree... Usted cree... —repetía el señor Filleul.

—¡Que si lo creo! —gritó Isidore—. Mire solo este pequeño detalle: ¿con qué iniciales se comunican entre ellos? A. L. N., es decir, la primera letra del nombre Arsène y la primera letra y la última del apellido Lupin.

—¡Vaya! —comentó Ganimard—, no se le escapa nada. Es usted tremendo; el viejo Ganimard se rinde ante usted.

Beautrelet enrojeció de orgullo y estrechó la mano que le tendía el inspector. Los tres hombres se habían acercado al balcón y miraban hacia las ruinas.

—Entonces, Lupin tendría que estar ahí —murmuró Filleul.

—*Lupin está ahí* —insistió Beautrelet con voz grave—. Esta ahí desde el mismo instante en que cayó al suelo. Por lógica y en la práctica, es imposible que escapara sin que lo vieran la señorita de Saint-Véran y los dos criados.

—¿Y qué pruebas tiene?

—Sus cómplices nos dieron las pruebas. Aquella misma mañana uno de ellos se disfrazó de cochero y lo trajo a usted aquí...

—Para recuperar la gorra, una prueba de su identidad.

—Sí, de acuerdo, pero también, y sobre todo, para reconocer el terreno, para comprobar y ver por sí mismo qué le había ocurrido al jefe.

—¿Y lo comprobó?

—Supongo, conocía el escondrijo. Y sospecho que descubrió el estado desesperado de su jefe porque, llevado por la preocupación, cometió la imprudencia de escribir la nota de amenaza: «Ay de la señorita si ha matado al jefe».

—Y sus amigos, ¿no han podido trasladarlo después?

—¿Cuándo? Sus hombres no se alejaron de las ruinas. Y, además, ¿a dónde iban a llevarlo? Lo más lejos a un centenar de metros de distancia, porque un moribundo no puede viajar... y entonces ustedes lo habrían encontrado. No, yo les digo que está ahí. Sus amigos nunca lo habrían sacado del refugio más seguro que existe. Llevaron al doctor allí, mientras los policías corrían a apagar el fuego como novatos.

—¿Y cómo sobrevive? ¡Para vivir necesita comida, agua!

—Sobre eso no les puedo decir nada... No lo sé..., pero está ahí, se lo juro. Está ahí porque es imposible que no esté. Estoy tan seguro como si lo viera, como si lo tocara. Está ahí.

Con el dedo apuntando hacia las ruinas, Beautrelet dibujaba un circulito en el aire que disminuía poco a poco hasta convertirse en un punto. Y sus dos compañeros, asomados al balcón, emocionados por la misma fe que animaba a Beautrelet y temblorosos por la intensa convicción que el muchacho les había infundido, buscaban ese punto desesperadamente. Sí, Arsène Lupin estaba ahí. Tanto en teoría como en la realidad, estaba ahí, ya ninguno de los dos lo dudaba.

Y saber que el famoso aventurero yacía en el suelo, sin ayuda, con fiebre y agotado, en algún refugio tenebroso tenía algo de impresionante y trágico.

—¿Y si muere? —preguntó Filleul en voz baja.

—Si muere —respondió Beautrelet— y sus cómplices están seguros de eso, proteja, señor juez, la vida de la señorita de Saint-Véran, pues la venganza será terrible.

Pocos minutos después, Beautrelet, pese a las súplicas de Filleul, que habría aceptado con mucho gusto al prestigioso ayudante, volvía a recorrer la carretera de Dieppe, porque sus vacaciones terminaban ese mismo día. El chico llegó a París hacia las cinco de la mañana y a las ocho entraba en el instituto Janson junto a sus compañeros.

Ganimard, después de un reconocimiento tan minucioso como inútil de las ruinas, regresó a París en el tren rápido nocturno. Cuando llegó a su casa, se encontró con un correo neumático.

Señor inspector jefe:
Como al final del día me quedó un poco de tiempo libre, pude reunir algo de información complementaria que le resultará interesante.

Arsène Lupin vive desde hace un año en París, con el nombre de Étienne de Vaudreix. Un nombre que habrá leído a menudo en las crónicas de sociedad o en las noticias deportivas. Viaja mucho, pasa largas temporadas fuera, porque dice que va a cazar tigres de Bengala o zorros azules de Siberia. Finge ocuparse de sus negocios, pero nadie sabe exactamente a qué se dedica.

Su domicilio actual es: calle Marbeuf, número 36. (Le ruego que observe que la calle Marbeuf está cerca de la oficina de correos número 45). No hay noticias de Étienne de Vaudreix desde el jueves 23 de abril, víspera del asalto a Ambrumésy.

Señor inspector jefe, reciba mis más cordiales saludos con toda mi gratitud por la indulgencia que me ha demostrado.

Isidore Beautrelet

P. S. Sobre todo, no crea que me supuso un gran esfuerzo conseguir esta información. La misma mañana del crimen, mientras el señor Filleul continuaba con la instrucción delante de algunos privilegiados, se me ocurrió la feliz idea de examinar la gorra del fugitivo antes de que el supuesto cochero diera el cambiazo. Como bien comprenderá, el nombre del sombrerero me bastó para tirar del hilo que me llevó a conocer los datos del comprador y su domicilio.

A la mañana siguiente, Ganimard se presentó en el número 36 de la calle Marbeuf. Después de informarse con la portera, le mandó abrir la puerta derecha de la planta baja, donde solo encontró cenizas en la chimenea. Cuatro días antes, dos tipos habían ido a quemar la documentación comprometedora. Pero cuando Ganimard salía del portal se cruzó con el cartero, que llevaba una carta para el señor de Vaudreix. Por la tarde, el Ministerio Fiscal encargado del caso presentó un requerimiento para la carta. Estaba sellada en América y escrita en inglés.

> Señor:
> Le confirmo la respuesta que le di a su agente. Cuando tenga en su poder los cuatro cuadros del señor de Gesvres, envíelos tal y como hemos acordado. Si consigue lo otro, algo que dudo mucho, inclúyalo con los cuadros.
> Un asunto imprevisto me obliga a marcharme y llegaré al mismo tiempo que la carta. Me encontrará en el Gran Hotel.
>
> Harlington

Ese mismo día, Ganimard, con una orden de arresto, llevó a la cárcel al señor Harlington, ciudadano americano, acusado de receptación y complicidad en robo.

Así fue como, en veinticuatro horas, gracias a las indicaciones realmente inesperadas de un muchacho de diecisiete años, el meollo de la trama se resolvía. En veinticuatro horas, lo inexplicable se volvía simple y claro. En veinticuatro horas, el plan de los cómplices para salvar a su jefe se desbarataba. La detención de un Arsène Lupin herido, moribundo, ya no ofrecía dudas, su banda estaba desorganizada, se conocía su refugio en París, la máscara con la que se ocultaba, y se había descubierto, por primera vez, uno de sus golpes más hábiles y durante más tiempo estudiado, antes de que hubiera podido ejecutarlo completamente.

En el público brotó un inmenso clamor de sorpresa, admiración y curiosidad. El periodista de Ruan, en un artículo muy logrado, ya había contado el primer interrogatorio del joven retórico, destacando su buena voluntad, su encanto ingenuo y la tranquila seguridad en sí mismo. Las indiscreciones que cometieron Ganimard y Filleul muy a su pesar, arrastrados por un impulso más fuerte que el orgullo profesional, aclararon al público la función que desempeñó Beautrelet durante los últimos acontecimientos. Él solo había resuelto el caso. A él le correspondía todo el mérito de la victoria.

El público estaba cautivado. De la noche a la mañana, Isidore Beautrelet se convirtió en un héroe y la gente, repentinamente entusiasmada, exigía todos los detalles sobre el nuevo favorito del público. Ahí estaban los periodistas. Se lanzaron al asalto del instituto Janson-de-Sailly, acecharon a los externos a la salida de clase y recogieron toda la información que, de manera más o menos directa, concernía al tal Beautrelet; así se supo la fama que tenía entre sus compañeros, quienes lo llamaban «el rival de Herlock Sholmès». Beautrelet, razonando, con lógica y sin más información que lo que leía en los periódicos, había anunciado, en varias ocasiones, el desenlace de algunos casos complicados que la justicia desentrañó mucho después que él. En el instituto Janson, se había convertido en un pasatiempo hacer preguntas complicadas y plantear problemas indescifrables a Beautrelet, y todos se quedaban admirados viendo con qué seguridad de análisis y mediante qué ingeniosas deducciones el retórico llegaba al meollo de la trama más complicada. Diez días antes de que detuvieran al tendero Jorisse, Beautrelet ya había señalado que podía sacarse mucha ventaja del famoso paraguas. Respecto al drama de Saint-Cloud, desde el principio aseguró que el asesino solo podía ser el portero.

Pero lo más curioso fue la octavilla que apareció circulando entre los alumnos: diez copias escritas a máquina, firmadas por Beautrelet. Se titulaba: «Arsène Lupin, su método, qué tiene de clásico y qué de original», y le seguía una comparación entre el humor inglés y la ironía francesa.

El opúsculo era un estudio en profundidad de cada una de las aventuras de Lupin, donde los métodos del ilustre ladrón se presentaban con un relieve extraordinario, y se mostraba el mecanismo de sus actuaciones y sus estrategias totalmente excepcionales: las cartas a los periódicos, las amenazas, el anuncio de los robos, en dos palabras, el conjunto de trucos que Lupin utilizaba para «trabajarse» a la víctima elegida y llevarla a tal estado de ánimo que la propia víctima casi se prestaba al golpe maquinado contra ella; dicho de otro modo, el golpe se llevaba a cabo con el consentimiento de la víctima.

El estudio era tan justo como crítico, tan punzante, tan potente y tenía una ironía tan ingeniosa y tan cruel a la vez que, inmediatamente, los que se burlaban del chico se pusieron de su parte, la simpatía del público pasó sin transición de Lupin a Isidore Beautrelet y todo el mundo proclamaba de antemano la victoria del joven retórico en el enfrentamiento que se había iniciado entre ellos.

De todas formas, el señor Filleul, igual que el Ministerio Fiscal de París, parecían recelosos de asignarle la posibilidad de esa victoria. Por una parte, en realidad no se conseguía establecer la identidad del señor Harlington ni presentar una prueba decisiva de que perteneciera a la banda de Lupin. Cómplice o no, Harlington guardaba silencio obstinadamente. Además, después de examinar la caligrafía de Harlington, ya nadie se atrevía a confirmar que él fuera el autor de la carta interceptada. Lo único que se podía asegurar era que un tal señor Harlington había salido del Gran Hotel con una bolsa de viaje y un buen fajo de billetes.

Por otra parte, en Dieppe, el señor Filleul dormía en las posiciones que Beautrelet le había conquistado. No daba un paso adelante. Seguía el misterio en torno al individuo que la señorita de Saint-Véran había confundido con Beautrelet la víspera del crimen. Y seguía sin aclararse nada respecto al robo de los cuatro Rubens. ¿Qué había sido de los cuadros? ¿Qué camino siguió el automóvil que se los había llevado de noche?

Se encontraron pruebas de que el coche había pasado por Luneray, Yerville e Yvetot, y también por Caudebec-en-Caux, donde debió de cruzar el Sena en el transbordador, al amanecer. Pero cuando profundizaron en la investigación, quedó probado que el automóvil era descubierto y que habría sido imposible llevar apilados en el coche cuatro cuadros grandes sin que los vieran los trabajadores del transbordador. Con toda probabilidad ese era el coche, pero entonces la pregunta seguía siendo la misma: ¿qué había pasado con los cuatro Rubens?

Y el señor Filleul dejaba sin resolver todos esos problemas. Sus subordinados registraban el cuadrilátero de las ruinas a diario. Él iba a dirigir la exploración casi todos los días. Pero entre ese esfuerzo y descubrir el refugio donde agonizaba Lupin —suponiendo que la opinión de Beautrelet fuera acertada— había un abismo que el excelente magistrado no parecía en situación de salvar.

Así que era normal que la gente recurriera a Isidore Beautrelet, porque únicamente él había conseguido disipar las tinieblas que, sin él, se hacían más densas y más impenetrables. ¿Por qué no seguía con el caso? Lo había llevado hasta un punto, que solo necesitaba un último esfuerzo para triunfar.

Un redactor de *Le Grand Journal*, que entró en el instituto Janson con el nombre del agente del padre de Beautrelet, Bernod, se lo preguntó.

—Señor mío, no solo existe Lupin en el mundo. No solo hay historias de policías y ladrones, también hay una realidad que se llama bachillerato. Y yo me examino en julio. Estamos en mayo. No quiero suspender. ¿Qué diría el bueno de mi padre? —le respondió tranquilamente.

—¿Y qué diría si usted entregara a Arsène Lupin a la justicia?

—Bueno, hay tiempo para todo. En las próximas vacaciones...

—¿Las de Pentecostés?

—Sí. El sábado 6 de junio iré en el primer tren.

—Y el mismo sábado por la noche Arsène Lupin estará detenido.

—¿Me da usted hasta el domingo? —preguntó Beautrelet riendo.

—¿Por qué tanto tiempo? —respondió el periodista en tono muy serio.

Todo el mundo tenía una confianza inexplicable en el chico, aún reciente pero ya muy grande, aunque la realidad de los hechos solo la justificase hasta cierto punto. ¡Qué más daba! Creían en él. Nada parecía difícil para él. Se esperaba de él lo que solo se habría podido esperar de un fenómeno de clarividencia e intuición, de experiencia y capacidad. ¡El 6 de junio! Esa fecha aparecía en todos los periódicos. El 6 de junio, Isidore Beautrelet subiría al tren rápido de Dieppe y, por la noche, Arsène Lupin estaría detenido.

—Si para entonces no se ha escapado —contestaban los últimos partidarios del aventurero.

—¡Imposible! Todas las salidas están vigiladas.

—Pues si no ha muerto por las heridas —insistían sus partidarios, que preferían ver muerto a su héroe antes que capturado.

Y la respuesta era inmediata:

—¡Vamos! Si Lupin estuviera muerto, sus cómplices lo sabrían y se habrían vengado. Lo dijo Beautrelet.

Llegó el 6 de junio. Media docena de periodistas esperaban a Isidore en la estación de Saint-Lazare. Dos querían acompañarlo. Beautrelet les suplicó que no lo hicieran.

Así que se fue solo. El compartimento estaba vacío. El chico se encontraba bastante cansado porque había pasado unas cuantas noches estudiando y no tardó en dormirse profundamente. Entre sueños, tuvo la sensación de que se detenían en varias estaciones y que la gente subía y bajaba. Cuando se despertó, ya con Ruan a la vista, seguía solo. Pero en el respaldo del asiento de enfrente, vio una hoja de papel grande sujeta con un alfiler en la tela gris que decía:

«Cada uno a sus asuntos. Métase usted en los suyos. Si no, peor para usted».

—Perfecto —dijo en voz alta frotándose las manos—, las cosas van mal en el bando enemigo. Esta amenaza es tan estúpida como la del supuesto cochero. ¡Vaya estilo! Se nota que no es la pluma de Lupin.

Entraron en el túnel que hay antes de la ciudad normanda. Ya en la estación, Isidore dio dos o tres vueltas por el andén para estirar las piernas. Se disponía a subir de nuevo a su compartimento cuando se le escapó un grito. Al pasar cerca de la librería, había leído distraídamente en la primera página de una edición especial de *Le Journal de Rouen* unas cuantas líneas, cuyo espantoso significado captó enseguida:

Última hora. Nos informan telefónicamente desde Dieppe que, la noche pasada, unos malhechores entraron en el castillo de Ambrumésy, ataron y amordazaron a la señorita de Gesvres y secuestraron a la señorita de Saint-Véran. A quinientos metros del castillo se descubrió un rastro de sangre y muy cerca de ahí se encontró una bufanda, también manchada de sangre. Hay motivos para temer el asesinato de la desafortunada joven.

Isidore Beautrelet no se movió hasta Dieppe. Se quedó encorvado, con los codos en las rodillas y la cara apoyada en las manos. Estaba pensando. En Dieppe, alquiló un carruaje. A la entrada de Ambrumésy se encontró con el juez de instrucción, quien le confirmó la horrible noticia.

—¿No sabe nada más? —le preguntó Beautrelet.

—Nada. He llegado hace un instante.

En ese momento, el cabo de policía se acercó al señor Filleul y le entregó un trozo de papel arrugado, hecho trizas, amarillento, que acababa de recoger cerca de donde había aparecido la bufanda. El señor Filleul lo examinó y luego se lo entregó a Isidore Beautrelet.

—Tenga, aunque esto nos ayudará muy poco en la investigación —le dijo.

Isidore dio vueltas y vueltas al trozo de papel. Estaba lleno de números, puntos y signos; el dibujo era exactamente como lo vemos más abajo:

2.1.1..22..2.1.

.1.1.1.1.2.1.   .2.4.3.1.

.2.1.4.2..52..2.2..2.4..2

S SF ▭   19F+44 ▷ 357 ◿

1.5.1   .52.1

III

EL CADÁVER

Hacia las seis de la tarde, el señor Filleul había terminado sus gestiones y esperaba con el secretario judicial, el señor Brédoux, el coche que los llevaría a Dieppe. Parecía agitado, nervioso.

—¿No ha visto usted a Beautrelet? —preguntó dos veces.

—Lo cierto es que no, señor juez.

—¿Dónde diablos estará? No se le ha visto en todo el día.

De pronto, se le ocurrió algo; dejó la cartera a Brédoux, dio la vuelta al castillo corriendo y se dirigió hacia las ruinas.

Cerca de la arcada, Isidore, tumbado boca abajo en el suelo tapizado de largas agujas de pino, con un brazo doblado debajo de la cabeza, parecía dormitar.

—¿Qué ocurre? ¿Qué hace usted? ¿Está dormido?

—No, estoy pensando.

—¡Sí, pensar es importante! Pero primero hay que ver. Hay que estudiar los hechos, buscar pistas, establecer los puntos de referencia. Y luego, mediante la reflexión, se coordina todo eso y se descubre la verdad.

—Sí, lo sé... Ese es el método habitual, seguro que el mejor. Pero yo tengo otro... Primero pienso, antes de nada, intento hacerme una idea general del caso, si puedo expresarme así. Luego, imagino una hipótesis razonable, lógica, de acuerdo con esa idea general. Y solo después analizo si los hechos quieren adaptarse a mi hipótesis.

—¡Extraño método y muy complicado!

—Es un método seguro, señor Filleul; en cambio el suyo no.

—¡Por favor! Los hechos son los hechos.

—Con cualquier adversario sí. Pero, por poco astuto que sea el enemigo, los hechos son los que él ha elegido. Lupin fue libre de colocar a su antojo las dichosas pistas sobre las que usted construye la investigación. ¡Así que, si nos enfrentamos a un hombre como él, ya ve usted a dónde puede llevarle eso, a qué errores y a qué estupideces! El mismísimo Sholmès cayó en la trampa.

—Arsène Lupin ha muerto.

—De acuerdo. Pero su banda sigue viva, y los alumnos de un maestro así también son maestros.

El señor Filleul sujetó a Isidore del brazo y se lo llevó a un aparte.

—Muchacho, voy a decirle algo. Esto es muy importante. Escuche bien. Ahora mismo Ganimard sigue ocupado en París, pero vendrá dentro de unos días. Además, el conde de Gesvres ha enviado un telegrama a Herlock Sholmès, que ha prometido su apoyo a partir de la próxima semana. Chico, cuando lleguen esos dos famosos personajes, ¿no cree usted que sería un orgullo decirles: «Mil disculpas, señores míos, pero no pudimos esperar más. El trabajo está terminado»?

Era imposible confesar la propia impotencia con más ingenio que como lo hacía el bueno de Filleul. Beautrelet contuvo una sonrisa y, haciéndose el incauto, le respondió:

—Le confieso, señor juez, que si hace poco no estuve presente durante su investigación fue con la esperanza de que usted aceptaría comunicarme los resultados. Vamos a ver, usted ¿qué sabe?

—Pues bien. Lo siguiente. Anoche, a las once, los tres policías que el cabo Quevillon había dejado de guardia en el castillo recibieron un mensaje del propio cabo, diciéndoles que fueran rápidamente a Ouville, que los esperaba allí. Inmediatamente montaron a caballo y cuando llegaron...

—Comprobaron que se la habían jugado, que la orden era falsa y que tenían que volver a Ambrumésy.

—Eso hicieron, con el cabo al mando. Pero estuvieron ausentes una hora y media y, en ese tiempo, se cometió el crimen.

—¿Cómo?

—De la manera más simple. Colocaron contra la pared, hasta la segunda planta del castillo, una escala que se habían llevado de la granja. Cortaron un cristal y abrieron la ventana. Dos hombres, con una linterna muy tenue, entraron en la habitación de la señorita de Gesvres y la amordazaron antes de que le diera tiempo a pedir ayuda. Luego la ataron y abrieron muy despacio la puerta de la habitación donde dormía la señorita de Saint-Véran. La señorita de Gesvres oyó un grito ahogado y, después, a una persona forcejeando. Un minuto más tarde, vio cómo los dos hombres se llevaban a su prima, también atada y amordazada. Pasaron por delante de ella y se fueron por la ventana. La señorita de Gesvres estaba agotada, aterrorizada, y se desmayó.

—¿Y los perros? ¿No había comprado dos perros guardianes el señor de Gesvres?

—Los encontraron muertos, envenenados.

—Pero ¿quién lo hizo? Nadie podía acercarse a los perros.

—¡Misterio! El caso es que los hombres pasaron por las ruinas sin obstáculos y salieron por la dichosa puerta pequeña. Atravesaron el monte bajo, rodeando las antiguas canteras... No se detuvieron hasta llegar a quinientos metros del castillo, al pie del árbol que se conoce como el roble grande... y ejecutaron el plan.

—Y si vinieron con la intención de matar a la señorita de Saint-Véran, ¿por qué no lo hicieron en su habitación?

—No lo sé. Quizá lo que los decidió ocurrió después de que salieran del castillo. Quizá la chica consiguió desatarse. Así que, en mi opinión, la bufanda que encontramos la habían utilizado para atarle las muñecas. De todos modos, la ejecutaron al pie del roble grande. Las pruebas que he recogido son irrefutables...

—¿Y el cuerpo?

—El cuerpo no se ha encontrado, lo que, por cierto, no debería sorprendernos demasiado. Porque las pistas que seguí me llevaron hasta el antiguo cementerio de la iglesia de Varengeville, que está encaramado en lo más alto del acantilado. Eso es un precipicio..., una sima de más de cien metros. Y abajo, solo hay rocas y mar. Dentro de uno o dos días, una marea viva traerá el cuerpo a la playa.

—Desde luego, todo es muy simple.

—Sí, es muy simple y no me desconcierta. Lupin ha muerto, sus cómplices lo supieron y para vengarse, tal y como dejaron escrito, asesinaron a la señorita de Saint-Véran. Estos son unos hechos que ni siquiera hacía falta verificar. Pero ¿y Lupin?

—¿Lupin?

—Sí, ¿qué ha sido de él? Muy probablemente, sus cómplices trasladaron su cadáver cuando se llevaron a la muchacha, pero ¿qué pruebas tenemos de eso? Ninguna. Como tampoco de que estuviera en las ruinas, ni de que esté vivo o haya muerto. Y ese es el misterio, querido Beautrelet. El asesinato de la señorita Raymonde no resuelve el caso. Al contrario, lo complica. ¿Qué ha pasado en el castillo de Ambrumésy en los dos últimos meses? Si no desciframos ese enigma, vendrán otros que nos ganarán por la mano.

—¿Qué día llegan esos otros?

—El miércoles... o quizá el martes...

Beautrelet pareció calcular.

—Señor juez, hoy es sábado. El lunes por la noche tengo que volver al instituto. Bueno, si usted quiere estar aquí el lunes, a las diez de la mañana, haré todo lo posible por resolver la clave del misterio.

—Francamente, señor Beautrelet... ¿Usted cree? ¿Está seguro?

—Al menos, eso espero.

—¿Y a dónde va ahora?

—Voy a ver si los hechos quieren adaptarse a la idea general que empiezo a hacerme.

—¿Y si no se adaptan?

—¡Pues bien, señor juez! Los hechos estarán equivocados —respondió Beautrelet riendo—, y buscaré otros más moldeables. Hasta el lunes, ¿de acuerdo?

—Hasta el lunes.

Pocos minutos después, Filleul iba hacia Dieppe, mientras Isidore Beautrelet, subido a una bicicleta que le había prestado el conde de Gesvres, volaba por la carretera de Yerville y de Caudebec-en-Caux.

Lo primero de todo, el chico quería formarse una opinión clara sobre un punto, porque ese punto le parecía precisamente el punto débil del enemigo. Es imposible escamotear unos objetos de la dimensión de los cuatro Rubens. Los cuadros tenían que estar en alguna parte. Aunque de momento fuera imposible encontrarlos, ¿podría dar con el camino por el que desaparecieron?

La hipótesis de Beautrelet era la siguiente: se habían llevado los cuatro cuadros en un coche, pero, antes de llegar a Caudebec, los habían cargado en otro que cruzó el Sena río abajo o río arriba de Caudebec. Río abajo, el primer transbordador era el de Quillebeuf, un paso muy concurrido y, por tanto, peligroso. Río arriba, estaba el transbordador de Mailleraye, un pueblo grande, aislado y sin accesos.

Hacia medianoche, Isidore ya había recorrido los más de 85 kilómetros que lo separaban de Mailleraye y llamaba a la puerta de un albergue a orillas del río. Durmió allí y muy temprano interrogó a los marineros del transbordador. Estos consultaron el registro de pasajeros. El jueves 23 de abril no había embarcado ningún automóvil.

—¿Y un coche de caballos? —insinuó Beautrelet—. ¿Una carreta? ¿Un furgón?

—Tampoco.

Isidore pasó toda la mañana investigando. Cuando ya se marchaba hacia Quillebeuf, el chico del albergue donde había dormido le dijo:

—Aquella mañana, yo llegaba del campamento militar y vi claramente una carreta, pero no cruzó el río.

—¿Cómo?

—No. La descargaron en una especie de barco de fondo plano, chalana se llama, que estaba amarrada en el muelle.

—¿Y de dónde venía la carreta?

—¡Ah! La reconocí muy bien. Era la del carretero, la del señor Vatinel.

—¿Y dónde vive el carretero?

—En Louvetot.

Beautrelet miró el mapa. ¡En Louvetot se cruzan la carretera que va de Yvetot a Caudebec con un camino sinuoso que lleva a Mailleraye a través del bosque!

Isidore no consiguió encontrar al señor Vatinel hasta las seis de la tarde, en una taberna. El carretero era uno de esos normandos viejos, astutos, que siempre están alerta y desconfían de los extraños, pero que no saben resistirse al encanto de una moneda de oro ni aguantar los efectos de unas copitas.

—Pues sí, señor, aquella mañana, los del automóvil me habían citado a las cinco de la mañana en el cruce. Me entregaron cuatro trastos muy grandes, así de altos. Uno me acompañó. Y llevamos la carga a una chalana.

—Habla de ellos como si los conociera de antes.

—¡Ya lo creo que los conocía! Era la sexta vez que trabajaba para ellos.

A Isidore le recorrió un escalofrío.

—¿La sexta vez, dice? ¿Desde cuándo?

—¡Pues los días de antes que ese, claro! Pero eran otros chismes... Trozos de piedra grandes... o muchas cosas más pequeñas, bastante largas, que estaban envueltas y las llevaban como si fueran el Santo Sacramento. No se podían ni tocar... Pero ¿qué le pasa? Está completamente blanco.

—No es nada... El calor.

Beautrelet salió tambaleándose. La alegría y el inesperado descubrimiento lo aturdían.

Regresó tranquilamente. Durmió en Varengeville, al día siguiente pasó una hora en el ayuntamiento con el maestro y volvió al castillo. Allí le esperaba una carta: «Señor conde de Gesvres, a la atención de Isidore Beautrelet». La carta decía:

«Segundo aviso. Cállate. Si no...».

—Vaya —murmuró—, tendré que tomar precauciones. Si no, como ellos dicen...

Eran las nueve. Estuvo paseando entre las ruinas; luego se tumbó cerca de la arcada y cerró los ojos.

—¡Y qué, muchacho! ¿Contento con la misión?

Era el señor Filleul, que llegaba a la hora prevista.

—Encantado, señor juez.

—¿Qué quiere decir?

—Que estoy dispuesto a cumplir mi promesa, a pesar de esta carta tan poco alentadora.

Le enseñó la carta al señor Filleul.

—¡Bueno! Tonterías —gritó el juez—, espero que eso no le impida...

—¿Decirle lo que sé? No, señor juez. Lo he prometido: y cumpliré mi palabra. Antes de diez minutos, sabremos... una parte de la verdad.

—¿Una parte?

—Sí; por lo que creo, el escondite de Lupin no es todo el problema. Pero lo demás ya lo veremos más tarde.

—Señor Beautrelet, de usted no me sorprende nada. ¿Pero cómo ha conseguido descubrir...?

—¡Va! Muy fácil. En la carta del señor Harlington a Étienne de Vaudreix o, mejor dicho, a Lupin hay...

—¿La carta que interceptamos?

—Sí. Hay una frase que siempre me intrigó: «Si consigue lo otro, algo que dudo mucho, inclúyalo con los cuadros».

—Efectivamente, lo recuerdo.

—¿Qué era lo otro? ¿Una pieza de arte, alguna rareza? El castillo no ofrecía nada valioso, salvo los Rubens y los tapices. ¿Joyas? Hay muy pocas y de escaso valor. Entonces, ¿qué? Y, por otra parte, ¿podíamos admitir que una persona como Lupin, con una habilidad prodigiosa, no consiguiera incluir con los cuadros *lo otro,* que obviamente había ofrecido? Un proyecto difícil, probablemente; extraordinario, de acuerdo, pero posible, y por tanto seguro, porque Lupin así lo quería.

—Pero fracasó: no ha desaparecido nada.

—No fracasó: ha desaparecido algo.

—Sí, los Rubens... y...

—Los Rubens y algo más…, algo que sustituyeron por una copia idéntica, como hicieron con los Rubens, algo mucho más extraordinario, más raro y más valioso que los Rubens.

—Por Dios, ¿qué? Me tiene en ascuas.

Los dos hombres iban caminando entre las ruinas; se dirigían hacia la puerta pequeña, bordeando la Capilla Divina.

Beautrelet se detuvo.

—¿Quiere saberlo, señor juez?

—¡Claro!

Beautrelet llevaba un bastón, un palo duro y sarmentoso. De pronto, de un golpe con el palo hizo trizas una de las estatuillas que decoraban el pórtico de la capilla.

—¡Pero está usted loco! —gritó Filleul fuera de sí, precipitándose hacia los añicos de la estatuilla—. ¡Está loco! Este santo era una antigüedad admirable…

—¡Admirable! —soltó Isidore, y con un molinete tiró abajo la Virgen María.

El señor Filleul lo sujetó por la cintura.

—Muchacho, no permitiré que cometa…

Un rey mago salió volando, seguido del pesebre con el Niño Jesús…

—Un movimiento más y disparo.

El conde de Gesvres había llegado de improviso con el revólver en la mano.

Beautrelet estalló en carcajadas.

—Dispare allí arriba, señor conde… Dispare allí, como en la feria… Venga, a la figurita que lleva la cabeza en las manos.

Y san Juan Bautista saltó por los aires.

—¡Por Dios! —dijo el conde, apuntando a Beautrelet con el revólver—. ¡Esto es una profanación! ¡Unas obras de arte como estas!

—¡Falsas, señor conde!

—¿Qué? ¿Qué dice? —bramó Filleul, al mismo tiempo que desarmaba al conde.

—¡Falsas, de cartón piedra!

—¡No! ¡Es imposible!

—¡Aire! ¡Vacío! ¡Nada! —El conde se agachó y recogió un fragmento de estatuilla—. Mire bien, señor conde... ¡Es yeso! Yeso barnizado, enmohecido y pintado de verde como la piedra antigua... Pero es yeso, moldes de yeso... Esto es todo lo que queda de la auténtica obra de arte. ¡Esto es lo que ellos han hecho en unos cuantos días! Esto es lo que Charpenais, el copista de Rubens, preparó hace un año. —Y sujetando del brazo al juez le preguntó—: ¿Qué le parece a usted, señor juez? ¿Es hermoso? ¿Enorme? ¿Colosal? ¡Se han llevado la capilla! ¡Han recogido piedra a piedra toda una capilla gótica! ¡Han cautivado a todo un pueblo de estatuillas y lo han remplazado por muñecos de estuco! ¡Se han incautado de uno de los ejemplares más hermosos de una época de arte incomparable! En definitiva, ¡han robado la Capilla Divina! ¡Es formidable! ¡Señor juez, ese hombre es un genio!

—Señor Beautrelet, lo noto a usted entusiasmado.

—Cuando hablamos de individuos como Lupin, uno nunca se entusiasma demasiado. Cualquier cosa que supere la media merece admiración. Y este hombre planea por encima de todo. En este robo hay una riqueza de concepción, una fuerza, un poder, una destreza y una desfachatez que me producen escalofríos.

—Lástima que haya muerto —comentó sarcásticamente Filleul—, porque, si no, habría terminado por robar las torres de Notre Dame.

Isidore se encogió de hombros.

—No se ría, señor juez. Incluso muerto, ese hombre lo altera todo.

—No digo lo contrario..., señor Beautrelet, y confieso que siento cierta emoción ahora que estoy a punto de contemplarlo... si es que sus compañeros no se han llevado el cadáver.

—Y, sobre todo, si admitimos que fuera él el individuo al que hirió mi pobre sobrina —señaló el conde de Gesvres.

—Claro que fue él, señor conde —aseguró Beautrelet—, por supuesto que fue Lupin el que cayó en las ruinas cuando le alcanzó la bala de la señorita de Saint-Véran, y al que su sobrina vio levantarse, y el que volvió a caer, se arrastró hacia el arco grande, se levantó otra vez y, por un milagro que luego les explicaré, llegó a este escondite de piedra que iba a ser su tumba.

Y con el palo golpeó la entrada de la capilla.

—¿Cómo? ¿Qué dice? —gritó Filleul asombrado—. ¿Su tumba? Usted cree que el escondite inaccesible...

—Está aquí... Ahí... —repitió.

—Pero lo hemos registrado.

—Mal.

—Aquí no hay sitio para esconderse —protestó el señor de Gesvres—. Conozco la capilla.

—Sí, señor conde, hay uno. Vaya al ayuntamiento de Varengeville, donde recogieron toda la documentación que estaba en la antigua parroquia de Ambrumésy, y en esos documentos del siglo xviii comprobará que debajo de la capilla había una cripta. Una cripta que seguramente se remonta a la época de la capilla románica sobre la que se construyó esta.

—¿Y cómo pudo saber eso Lupin? —preguntó Filleul.

—Muy fácil, por las obras que tuvo que hacer para robar la capilla.

—Veamos, veamos, Beautrelet, está exagerando... No se ha llevado toda la capilla. Mire, no han tocado ni una piedra de este pilar.

—Obviamente, solo moldeó y se llevó lo que tenía valor artístico, las piedras talladas, las esculturas, las estatuillas, todo el tesoro de las columnillas y de las ojivas labradas. No perdió tiempo con la propia base del edificio. Los cimientos siguen aquí.

—Por lo tanto, señor Beautrelet, Lupin no pudo entrar en la cripta.

En ese momento, el señor de Gesvres, que había pedido la llave de la capilla a uno de sus criados, volvía con ella en la mano. Abrió la puerta. Los tres hombres entraron.

—Lógicamente, respetó las losas del suelo. Pero es fácil darse cuenta de que el altar mayor solo es una copia —insistió Beautrelet tras una rápida inspección—. Vamos a ver, las escaleras que llevan a las criptas suelen empezar delante del altar mayor y pasan por debajo de él.

—¿Y de eso qué deduce?

—Que Lupin encontró la cripta mientras trabajaba aquí.

Beautrelet arremetió contra el altar con un pico que había pedido el conde. Los trozos de yeso saltaron por los aires.

—¡Demonios! —murmuró Filleul—. Estoy deseando saber...

—Y yo —respondió Beautrelet con la cara pálida de ansiedad. Aceleró los golpes. De pronto, el pico, que hasta entonces no había encontrado resistencia, chocó con un material más duro y rebotó. Se oyó un ruido parecido al de un derrumbe y lo que quedaba del altar se hundió en el vacío detrás del bloque de piedra que había golpeado el pico. Beautrelet se inclinó. Encendió una cerilla y la movió por el vacío—. La escalera empieza más adelante de lo que pensaba. Casi debajo de las losas de la entrada. Veo los últimos peldaños.

—¿Hay mucha profundidad?

—Tres o cuatro metros... Los peldaños son muy altos y falta alguno.

—Es imposible que en el poco rato que los tres gendarmes abandonaron su puesto, los cómplices tuvieran tiempo de llevarse a la señorita de Saint-Véran y de sacar el cadáver de la cripta, no puede ser —protestó Filleul—. Además, ¿por qué iban a hacerlo? No, yo creo que está aquí.

Un criado les llevó una escala; Beautrelet la metió en el hueco y la colocó entre los escombros, tanteando.

—¿Quiere usted bajar, señor Filleul? —preguntó al juez, sosteniendo con fuerza los dos montantes. El juez se arriesgó con una vela en la mano. Lo siguió el conde de Gesvres. Luego Beautrelet puso el pie en la primera barra. Había dieciocho, el chico las contó sin pensar, mientras con la mirada examinaba la cripta, donde la luz tenue de la vela luchaba contra las densas tinieblas. Al bajar les impactó un hedor fuerte, inmundo, un olor a podrido de esos cuyo recuerdo te obsesiona durante mucho tiempo—. ¡Qué olor! —Beautrelet sintió náuseas. Y de repente, una mano temblorosa le sujetó el hombro—. ¡Por Dios! ¿Qué? ¿Qué ocurre?

—Beautrelet —balbuceó Filleul.

El juez no podía hablar, el terror lo atenazaba.

—Venga, señor juez, repóngase...

—Beautrelet..., está ahí...

—¿Cómo?

—Sí... Debajo de la gran piedra que se desprendió del altar había algo... He empujado la piedra... y lo he tocado... ¡Ay! Nunca lo olvidaré...

—¿Dónde está?

—En ese lado... ¿No huele usted? Vamos, tenga... Mire...

Beautrelet sujetó la vela y alumbró una forma tendida en el suelo.

—¡Dios mío! —exclamó Beautrelet horrorizado.

Los tres hombres se inclinaron rápidamente. El cadáver medio desnudo se alargaba enjuto, espantoso. Entre los jirones de tela aparecía la carne verdusca, con tonos de cera blanda. Pero lo más horroroso, lo que hizo gritar de terror a Beautrelet, fue la cabeza; el bloque de piedra había aplastado la cabeza del cadáver, una cabeza informe que solo era una masa espantosa donde ya no se distinguía nada... Y cuando los ojos se acostumbraron a la oscuridad, vieron que toda esa carne bullía asquerosamente...

Beautrelet subió la escala en cuatro zancadas y huyó a la luz del día, al aire libre. Cuando Filleul volvió a verlo, estaba tumbado boca abajo, con las manos en la cara.

—Mi enhorabuena, Beautrelet —le dijo—. Además de haber descubierto el escondrijo, he podido comprobar que dos de sus afirmaciones eran exactas. En primer lugar, el hombre al que disparó la señorita de Saint-Véran era Arsène Lupin, como usted dijo desde el principio. Y en segundo, Lupin vivía en París con el nombre de Étienne de Vaudreix. Su ropa interior estaba marcada con las iniciales «E. V.». Me parece que con esa prueba basta, ¿no cree usted? —Isidore no se movía—. El conde ha ido a buscar al doctor Jouet, que se ocupará de los trámites habituales. En mi opinión, por el estado de descomposición del cadáver, murió hace al menos ocho días... Pero ¿me está escuchando?

—Sí, sí.

—Lo que digo se basa en razones perentorias. Como, por ejemplo... —Filleul siguió con sus razonamientos, aunque sin conseguir señales evidentes de atención por parte de Beautrelet. Pero el señor de Gesvres apareció e interrumpió el monólogo. El conde volvía con dos cartas. Una anunciaba que Herlock Sholmès llegaría al día siguiente—. De maravilla —exclamó Filleul muy contento—. El inspector Ganimard también viene mañana. Será fantástico.

—La otra carta es para usted, señor juez —dijo el conde.

—Cada vez mejor —añadió Filleul después de haber leído la carta—. Sin duda, esos señores no tendrán mucho trabajo. Beautrelet, me avisan de Dieppe que unos pescadores de gambas encontraron esta mañana el cadáver de una mujer joven en las rocas.

Beautrelet se sobresaltó.

—¿Qué dice usted? El cadáver...

—De una mujer joven... Un cadáver espantosamente dañado —precisó—, imposible de identificar, si no fuera porque tenía una pulsera de oro, muy fina, incrustada en la piel tumefacta del brazo derecho. Pues bien, la señorita de Saint-Véran llevaba una pulsera de oro en el brazo derecho. Por lo tanto, evidentemente, es su desafortunada sobrina, señor conde, a quien el mar arrastró hasta allí. ¿Qué piensa usted, Beautrelet?

—Nada, nada... O, mejor dicho, sí... Como ustedes ven, todo se encadena, no falta nada de mi planteamiento inicial. Todos los hechos, uno tras otro, apoyan la hipótesis que planteé al principio, hasta los más contradictorios y hasta los más desconcertantes.

—No entiendo bien.

—No tardará en entenderlo. Recuerde que le prometí toda la verdad.

—Pero, me parece...

—Un poco de paciencia. Hasta ahora no puede quejarse. Hace un buen día. Dese un paseo, almuerce en el castillo y fúmese una pipa. Yo estaré de vuelta hacia las cuatro o cinco de la tarde. Y el instituto, ¡qué le vamos a hacer! Me marcharé en el tren nocturno.

Habían llegado a la zona de servicios, a la espalda del castillo. Beautrelet se subió a la bici de un salto y se alejó.

Se detuvo en Dieppe, en las oficinas del diario *La Vigie,* y pidió los periódicos de la última quincena. Luego se dirigió a Envermeu, a diez kilómetros de allí. En Envermeu, se reunió con el alcalde, el cura y el guardia rural. Dieron las tres de la tarde en la iglesia del pueblo. Beautrelet había terminado la investigación.

Regresó cantando de alegría. Pedaleaba a ritmo constante y rápido, inspiraba con fuerza el viento que llegaba del mar. Y, de vez en cuando, se dejaba llevar y lanzaba gritos de triunfo al cielo, pensando en su objetivo y en sus muy logrados esfuerzos.

Asomó Ambrumésy. Isidore se dejó caer a toda velocidad por la pendiente que hay antes del castillo. Parecía que las cuatro hileras de árboles seculares que bordean el camino corrían a su encuentro y luego desaparecían inmediatamente detrás de él. Pero, de pronto, el chico soltó un grito. En una visión repentina notó que una cuerda se tensaba entre dos árboles, atravesando la carretera.

La bici chocó contra la cuerda y se paró en seco. Beautrelet salió disparado hacia delante, a una velocidad increíble, y tuvo la sensación de que solo por suerte, por una milagrosa suerte, esquivó una pila de piedras en la que lógicamente se habría roto la cabeza.

Se quedó aturdido durante unos segundos. Luego, todo magullado y con las rodillas despellejadas, inspeccionó el lugar. A la derecha se abría un bosquecillo por donde seguramente el agresor había huido. Beautrelet desató la cuerda. En un árbol a la izquierda del camino, donde habían atado la cuerda, encontró un papel sujeto con un cordel. Lo desdobló y leyó:

«Tercer y último aviso».

Regresó al castillo, hizo algunas preguntas a los criados y se reunió con el juez en una habitación de la planta baja, en un extremo del ala derecha, donde Filleul solía trabajar. Filleul estaba escribiendo, con el secretario judicial sentado enfrente. A un gesto del juez, el secretario salió de la habitación.

—Pero ¿qué le ha pasado, señor Beautrelet? —exclamó el juez—. Tiene sangre en las manos.

—No es nada, no es nada —dijo el muchacho—. Una simple caída que me provocó esta cuerda que pusieron delante de mi bici. Solo le rogaré que observe que la maldita cuerda es del castillo. No hace más de veinte minutos tenía colgada la colada junto al lavadero.

—¿Es posible?

—Señor, hay alguien dentro del castillo que me vigila, alguien que me ve, me oye y que minuto a minuto sabe lo que voy a hacer, mis intenciones.

—¿Usted cree?

—Estoy seguro. A usted le corresponde descubrirlo y no le costará mucho esfuerzo. Yo, por mi parte, quiero acabar y darle las explicaciones que le prometí. He sido más rápido de lo que nuestros enemigos esperaban y estoy convencido de que ellos actuarán con energía. El círculo se estrecha a mi alrededor. Tengo el presentimiento de que el peligro se acerca.

—Vamos, vamos, Beautrelet...

—Bueno, ya lo comprobaremos. De momento, démonos prisa. Y primero, una pregunta sobre un punto que quiero descartar inmediatamente. ¿Ha hablado usted con alguien del papel que encontró el cabo Quevillon y le entregó delante de mí?

—No, por Dios, con nadie. Pero, ¿cree usted que es importante?

—Sí, mucho. He tenido una idea, pero una idea que no se sustenta en ninguna prueba, lo confieso, porque, de momento, no he conseguido descifrarlo. Y le hablo de esto... para no volver más sobre el asunto. —Beautrelet apoyó la mano en la de Filleul—. Silencio... Nos están escuchando... Afuera. —La tierra crujió. Beautrelet corrió a la ventana y se asomó—. Ya no hay nadie, pero el arriate está pisoteado; identificaremos fácilmente las huellas. —Cerró la ventana y se sentó—. Ve usted, señor juez, el enemigo ya ni siquiera toma precauciones, no puede entretenerse en eso, porque también cree que el tiempo apremia. Así que démonos prisa y hablemos, ya que no quieren que lo haga. —Dejó encima de la mesa el papel desdoblado—. Antes de nada, una observación. En el papel, al margen de los puntos, solo hay números. En las tres primeras líneas y en la quinta, las únicas de las que vamos a ocuparnos, porque la cuarta parece completamente diferente, no hay ningún número mayor que 5. Así que es muy probable que cada número represente una de las cinco vocales, y en orden alfabético. Vamos a escribir el resultado. —Beautrelet apuntó en otra hoja:

e.a.a..ee..e.a.

.a.a.a.e.a. .e.o.i.a.

.e.a.o.e..ue..e.e..e.o..e

S SF ⬓ 19F+44 ⬨ 357 ◹

a.u.a .ue.a

—Como ve usted —continuó—, esto no dice mucho. La clave es a la vez muy fácil, porque se han limitado a sustituir las vocales por números y las consonantes por puntos, y muy difícil, por no decir imposible, porque se han esforzado al máximo para complicar el problema.

—Efectivamente, es bastante confuso.

—Intentemos desentrañarlo. La segunda línea se divide en dos partes, y lo más probable es que la segunda parte, por cómo está representada, forme una palabra. Si ahora intentamos sustituir los puntos por consonantes, después de tantear llegamos a la conclusión de que las consonantes que pueden apoyar a las vocales forman una palabra, una sola palabra: «señoritas».

—Entonces, ¿se refiere a las dos primas?

—Sin lugar a dudas.

—¿Y no ve nada más?

—Sí. También observo una solución de continuidad en medio de la última línea, y si hago lo mismo que antes en la primera parte de la línea, se ve inmediatamente que, entre las dos primeras vocales, la «a» y la «u», la consonante que puede sustituir al punto es una «g» y después de formar el principio de esa palabra «agu», llego a la conclusión de que con el otro punto y la «a» final, la palabra es «aguja».

—Claro que sí, se impone la palabra aguja.

—Después, en la última palabra, hay tres vocales y dos consonantes. Tanteando y probando con todas las letras, si parto de la base de que la primera letra es una consonante, pueden adaptarse algunas palabras: «pueda, rueda, suena y hueca». Desecho las palabras «pueda, rueda, suena» porque no tienen ninguna relación posible con aguja y me quedo con la palabra «hueca».

—Y resulta «aguja hueca». Admito que la solución sea esa, pero ¿qué adelantamos?

—Nada —respondió Beautrelet con tono pensativo—. Nada, de momento... Luego, ya veremos... Pero me parece que el emparejamiento enigmático de estas dos palabras, «aguja hueca», tiene mucho implícito. Ahora, lo que más me preocupa es el material de este documento, el tipo de papel que han utilizado... ¿Sigue fabricándose esta clase de pergamino un poco granulado? Luego este color marfil... Y los pliegues, el desgaste de estos cuatro pliegues... Por último, mire estas marcas de cera roja, por detrás...

En ese momento interrumpieron a Beautrelet. El secretario judicial, Brédoux, abrió la puerta y anunció la llegada repentina del fiscal general.

Filleul se levantó.

—¿El fiscal general está abajo?

—No, señor juez, no ha salido del coche. Ha venido de paso y le ruega que tenga la amabilidad de reunirse con él delante de la verja. Solo es para comentarle un detalle.

—¡Qué raro! —murmuró Filleul—. Bueno, vamos a ver qué quiere. Beautrelet, perdóneme, voy y vuelvo enseguida.

Y se fue. Se oyeron sus pasos alejándose. Entonces, el secretario cerró la puerta con llave y guardó la llave en el bolsillo.

—Pero ¿qué pasa? —preguntó Beautrelet, muy sorprendido—. ¿Qué hace usted? ¿Por qué cierra?

—¿No cree que así hablaremos mejor? —respondió Brédoux. Beautrelet saltó hacia la otra puerta, la que daba a la habitación contigua. Lo había entendido. El cómplice era Brédoux, ¡el mismísimo secretario del juez de instrucción!—. No se rompa los dedos, amigo, también tengo la llave de esa puerta —dijo riéndose burlonamente.

—Queda la ventana —gritó Beautrelet.

—Demasiado tarde —soltó Brédoux, mientras se plantaba delante de la cristalera, empuñando un revólver. Todas las retiradas estaban cortadas. Ya no había nada que hacer, nada, salvo defenderse del enemigo que se desenmascaraba con una audacia inesperada. Isidore, oprimido por una angustiosa sensación desconocida, se cruzó de brazos—. Bien —masculló el secretario—, y ahora, démonos prisa. —Sacó el reloj—. El bueno de Filleul va a la verja de entrada. Allí, por supuesto, no hay nadie, y mucho menos el fiscal general. Así que volverá enseguida. Eso nos da unos cuatro minutos. Necesito uno para escapar por la ventana, salir pitando por la puerta pequeña de las ruinas y montar en la motocicleta que me espera. Así que quedan tres minutos. Con eso basta.

Brédoux era un ser extraño, contrahecho, con unas piernas muy largas y endebles que sujetaban un tronco enorme, redondeado como el cuerpo de una araña, con unos brazos inmensos. La cara huesuda, la frente pequeña y baja revelaban la obcecación un poco cerril del personaje.

Beautrelet se tambaleaba, no se mantenía en pie. Tuvo que sentarse.

—Hable. ¿Qué quiere usted?

—El papel. Llevo tres días buscándolo.

—No lo tengo.

—Mientes. Cuando entré, vi cómo lo guardabas en la cartera.

—¿Y después?

—¿Después? Me prometerás que vas a portarte bien. Nos estás fastidiando. Déjanos tranquilos y métete en tus asuntos. Estamos a punto de perder la paciencia. —Brédoux se había acercado al chico, sin dejar de apuntarle con el revólver, y hablaba con voz grave, martilleando las sílabas, con un tono increíblemente enérgico. Tenía la mirada dura y una sonrisa cruel. A Beautrelet le recorrió un escalofrío. Era la primera vez que experimentaba la sensación de peligro. ¡Y vaya peligro! Se enfrentaba a un enemigo implacable, con una fuerza ciega e irresistible.

—¿Y luego? —insistió con una voz ahogada.

—¿Luego? Nada... Serás libre... —Hubo un instante de silencio y Brédoux añadió—: Menos de un minuto. Tienes que decidirte; vamos, hombre, no hagas tonterías... Somos más fuertes, siempre y en todas partes... Rápido, el papel... —Isidore no rechistaba; aunque lívido y aterrorizado, se dominaba y conservaba la cabeza lúcida pese a tener los nervios deshechos. El agujerito negro del revólver se abría a veinte centímetros de sus ojos. El dedo doblado apretaba visiblemente el gatillo. Bastaba con un poco más de fuerza...—. El papel —repitió Brédoux—. Si no...

—Aquí está —dijo Beautrelet.

Se sacó del bolsillo la cartera y se la entregó al secretario, que la guardó.

—¡Perfecto! Entramos en razón. Definitivamente, podrías servir para algo... Eres un poco gallina, pero sensato. Ahora, me largo. Adiós. —Enfundó el revólver y giró la falleba de la ventana. Se oyó un ruido en el pasillo—. Adiós —repitió—, que ya es hora. —Pero una idea lo retuvo. Con un gesto comprobó la cartera—. Maldita sea —dijo apretando los dientes—, el papel no está... Me la has jugado. —De un salto volvió a la habitación. Sonaron dos tiros. Isidore se había hecho con una pistola y había disparado—. Fallaste, chaval —gritó Brédoux—, te tiembla la mano... Tienes miedo...

Se enfrentaron cuerpo a cuerpo y rodaron por el suelo. Alguien llamaba a la puerta a golpes.

Isidore cedió, el enemigo lo sometió rápidamente. Era el fin. Una mano que sujetaba un puñal se levantó por encima de él y lo apuñaló. Un intenso dolor le quemó el hombro. El muchacho se dejó ir.

Tuvo la sensación de que le registraban el bolsillo interior de la chaqueta y se llevaban el papel. Luego, a través de los párpados entrecerrados, percibió que el hombre saltaba por el alféizar de la ventana...

Al día siguiente, los mismos periódicos de la mañana que contaban los últimos sucesos del castillo de Ambrumésy —la falsificación de la capilla, el descubrimiento de los cadáveres de Arsène Lupin y de Raymonde, el intento de asesinato de Brédoux, el secretario judicial, a Beautrelet— publicaron además otras dos noticias:

La desaparición de Ganimard y el secuestro de Herlock Sholmès en el centro de Londres, a plena luz del día, cuando iba hacia el tren de Douvres.

Así pues, la banda de Lupin, desbaratada brevemente por la inteligencia extraordinaria de un muchacho de diecisiete años, reanudaba la ofensiva y, al primer intento, en todas partes y en todos los puntos, salía victoriosa. Sholmès y Ganimard, los dos grandes enemigos de Lupin, liquidados. Beautrelet, fuera de combate. Ya no había nadie capaz de luchar contra unos enemigos de esa talla.

IV

FRENTE A FRENTE

Una noche, seis semanas después, había dado el día libre al criado. Era la víspera del 14 de julio. Hacía un calor bochornoso y la idea de salir no me seducía. Me instalé en un sillón con el balcón abierto y la lámpara del escritorio encendida. Como aún no había leído los periódicos, me puse a echarles un vistazo. Por supuesto, hablaban de Arsène Lupin. Desde el intento de asesinato del que había sido víctima el pobre Isidore Beautrelet, no pasaba un día sin que el caso Ambrumésy apareciese en los periódicos. Le dedicaban un artículo diario. Jamás una serie tan precipitada de acontecimientos, de giros inesperados y desconcertantes, había entusiasmado de ese modo a la opinión pública. El señor Filleul, que claramente aceptaba con una honestidad digna de mérito su papel secundario, contó a los periodistas los logros del chico que lo había asesorado durante aquellos tres días memorables, así que todo el mundo podía dedicarse a hacer las suposiciones más peregrinas.

Y nadie se privaba. Expertos en la materia y técnicos del crimen, novelistas y dramaturgos, jueces y antiguos jefes de la Seguridad, señores Lecocq jubilados y Herlock Sholmès en ciernes, cada uno tenía su propia teoría y la exponía en abundantes artículos. Cada uno retomaba y completaba la instrucción. Y todo eso, a partir únicamente de las palabras de un chico, Isidore Beautrelet, alumno de retórica del instituto Janson-de-Sailly.

Porque, realmente, había que decirlo, teníamos los elementos completos de la verdad. Así que, ¿cuál era el misterio? Conocíamos el escondrijo donde se refugió y agonizó Arsène Lupin, y sobre eso no cabía ninguna duda: el doctor Delattre, atrincherado siempre detrás del secreto profesional, se negó a declarar, pero confesó a sus allegados, y estos lo primero que hicieron fue contarlo, que, efectivamente, lo habían llevado a una cripta, junto a un herido que sus cómplices le presentaron con el nombre de Arsène Lupin. Y dado que en esa misma cripta se había encontrado el cadáver de Étienne de Vaudreix, y que Étienne de Vaudreix era de hecho Arsène Lupin, tal y como la instrucción del caso demostró, aquello constituía una prueba adicional de la identidad de Arsène Lupin y del hombre herido.

Así pues, con Lupin muerto y el cadáver de la señorita de Saint-Véran identificado por la pulsera que llevaba en la muñeca, el caso estaba cerrado.

Pero no, no lo estaba. Nadie creía que lo estuviera, porque Beautrelet había dicho lo contrario. Nadie sabía por qué no lo estaba, pero, según decía el chico, el misterio aún no se había resuelto. El testimonio de la realidad no prevalecía frente a la afirmación de Beautrelet. Había algo que faltaba y nadie dudaba de que el chico estuviera en condiciones de explicarlo con éxito.

¡Al principio, con qué ansiedad los lectores esperaban los partes de los médicos de Dieppe que había contratado el conde de Gesvres para tratar al herido! ¡Qué angustia los primeros días, cuando se creyó que su vida estaba en riesgo! ¡Y qué entusiasmo la mañana en que los periódicos anunciaron que ya no había peligro! Hasta los mínimos detalles cautivaban al público. La gente se conmovía al ver cómo lo cuidaba su anciano padre, que había acudido apresuradamente después de que lo avisaran, y admiraba la dedicación de la señorita de Gesvres, que pasaba las noches a la cabecera del herido.

Luego llegó la convalecencia, rápida y alegre. ¡Por fin íbamos a saber! ¡Sabríamos lo que Beautrelet había prometido revelar al señor Filleul, las palabras definitivas que el puñal del criminal había impedido pronunciar!

Y también sabríamos todo lo que, al margen del propio drama, seguía siendo impenetrable o inaccesible a los esfuerzos de la justicia.

Con Beautrelet libre y curado, habría alguna evidencia sobre el tal Harlington, el enigmático cómplice de Arsène Lupin, que aún estaba encerrado en la cárcel de la Santé. Y se sabría qué había sido del secretario Brédoux, el otro cómplice de audacia inaudita, después del crimen.

Con Beautrelet libre, sería posible saber algo concreto sobre la desaparición de Ganimard y el secuestro de Sholmès. ¿Cómo habían podido producirse? Los detectives ingleses, exactamente igual que sus colegas de Francia, no tenían ninguna pista al respecto. El domingo de Pentecostés, Ganimard no regresó a su casa; el lunes tampoco, ni ningún otro día desde hacía seis semanas.

En Londres, el lunes de Pentecostés, a las cuatro de la tarde, Herlock Sholmès paraba un coche de caballos para ir a la estación. En cuanto subió, intentó bajar, porque probablemente advirtió el peligro. Pero dos individuos treparon por la derecha e izquierda del coche, lo derribaron y lo sujetaron entre ellos o, mejor dicho, debajo de ellos, dada la estrechez del vehículo. Y eso ocurrió delante de diez testigos a los que no les dio tiempo a intervenir. El coche huyó al galope. ¿Y después? Después, nada. No se sabía nada.

Y quizá también Beautrelet podría explicar lo que sabía sobre el documento, ese papel misterioso que el secretario Brédoux consideraba tan importante como para quitárselo al chico a navajazos. «El problema de la Aguja hueca», lo llamaban los incontables edípicos que, inclinados sobre los números y los puntos, intentaban encontrarle algún significado... ¡La aguja hueca! Qué combinación desconcertante de dos palabras, qué problema indescifrable planteaba un pedazo de papel del que se desconocía hasta su origen. ¿Sería una expresión sin contenido, el jeroglífico de un escolar que emborrona de tinta la esquina de una hoja? O, al contrario, ¿serían dos palabras mágicas con las que toda la gran historia del aventurero Lupin adquiriría su verdadero sentido? Nadie lo sabía.

Pero pronto se sabría. Hacía ya varios días que los periódicos anunciaban la llegada de Beautrelet. La lucha estaba a punto de reanudarse y, esta vez, implacable por parte del muchacho, que ardía en deseos de tomarse la revancha.

Precisamente, su nombre en mayúsculas me llamó la atención. *Le Grand Journal* publicaba el siguiente copete:

Hemos conseguido en exclusiva las primeras declaraciones del señor Isidore Beautrelet. Mañana miércoles, *Le Grand Journal* publicará la verdad íntegra de la tragedia de Ambrumésy, antes incluso de que la justicia reciba esa información.

—Esto promete, ¿verdad? ¿Tú qué piensas, querido amigo?

Me sobresalté en el sillón. Alguien, a quien no conocía, estaba sentado a mi lado.

Me levanté y busqué un arma con la mirada. Pero como su actitud parecía completamente inofensiva, me contuve y me acerqué a él.

Era un hombre joven, de cara enérgica y pelo rubio largo, con una barba, un poco rojiza, corta, dividida en dos. Su traje recordaba al de un cura inglés, y en conjunto tenía algo de austero y grave que inspiraba respeto.

—¿Quién es usted? —le pregunté. Como no respondía, insistí—: ¿Quién es usted? ¿Por dónde ha entrado? ¿Qué quiere?

El hombre me miró.

—¿No me reconoces? —dijo.

—No... ¡No!

—¡Vaya! Es realmente curioso... Inténtalo... Un amigo tuyo... Un amigo un poco especial...

Lo sujeté del brazo con fuerza.

—¡Miente! Usted no es quien dice... No es verdad.

—Entonces, ¿por qué piensas solo en él y no en cualquier otra persona? —me dijo riendo.

¡Claro! ¡Esa risa! ¡Esa risa joven e inequívoca, cuya divertida ironía me había hecho pasar tan buenos ratos! Me recorrió un escalofrío. ¿Podía ser?

—No, no —protesté con una especie de terror—. Es imposible...

—Es imposible que sea yo porque estoy muerto, ¿verdad?, y tú no crees en las apariciones. —Volvió a reír—. ¿Soy yo de los que mueren? ¡Morir así, de una bala en la espalda disparada por una muchacha! ¡Francamente, eso es tener mal concepto de mí! ¡Como si yo fuera a consentir un final así!

—¡Entonces, eres tú! —balbuceé, aún incrédulo y completamente emocionado—. No consigo reconocerte...

—Pues eso me tranquiliza —dijo con alegría—. Si el único hombre al que he mostrado mi auténtico aspecto no me reconoce, cualquiera que me vea a partir de ahora como estoy hoy tampoco me reconocerá con mi aspecto físico real... suponiendo que tenga un aspecto físico real...

Identifiqué su voz, cuando ya no cambiaba el timbre, y también sus ojos y su expresión y toda su actitud y su esencia a través del aspecto físico en el que la había envuelto.

—Arsène Lupin —murmuré.

—Sí, Arsène Lupin —exclamó mientras se levantaba—. El único, el incomparable Lupin regresa del reino de las sombras, porque parece ser que estuve agonizando y fallecí en una cripta. Arsène Lupin vivo, con toda su vitalidad, actuando con plena voluntad, feliz, libre y más decidido que nunca a disfrutar de esta independencia dichosa en un mundo que hasta ahora solo me ha deparado honor y privilegios.

También yo me eché a reír.

—Vaya, realmente eres tú, y más alegre que la última vez que te vi, el año pasado... Te felicito.

Me refería a la última visita que me hizo, después de la célebre aventura de la diadema, su boda frustrada, su huida con Sonia Krichnoff y la horrible muerte de la joven rusa. Aquel día vi a un Arsène Lupin que no reconocía: débil, abatido, con los ojos cansados de llorar y en busca de un poco de consuelo y cariño.

—Calla —dijo—. El pasado está lejos.

—De eso hace un año —comenté.

—De eso hace diez años —aseguró—. Cada año de Arsène Lupin cuenta por diez de los demás.

No insistí y, cambiando de conversación, volví a preguntarle:

—¿Y por dónde has entrado?

—¡Dios mío! Como todo el mundo, por la puerta. Pero, como no vi a nadie, pasé por la sala, seguí por el balcón y aquí estoy.

—De acuerdo. ¿Y la llave de la puerta?

—Para mí no hay puertas, tú lo sabes. Necesitaba tu casa y entré.

—A tu disposición. ¿Tengo que irme?

—No, de ninguna manera, no estarás de más. Incluso puedo garantizarte que será una velada interesante.

—¿Esperas a alguien?

—Sí, tengo una cita aquí, a las diez... —Sacó el reloj—. Son las diez; si esa persona recibió el telegrama, no tardará... —Sonó el timbre del vestíbulo—. ¿Qué te había dicho? No, no te molestes, voy yo.

¿Con quién demonios habría quedado? ¿Y qué escena dramática o burlesca iba a presenciar? La situación tenía que ser algo excepcional para que el propio Lupin la considerase digna de interés.

Regresó al momento y se apartó para dejar pasar a un hombre joven, delgado, alto, con la cara muy pálida.

Sin decir una palabra y con una cierta solemnidad que me desconcertaba, Lupin encendió todas las lámparas eléctricas. La luz inundó la habitación. Entonces los dos hombres se observaron profundamente, como si con toda la fuerza de la mirada cada uno intentara entrar en el interior del otro. Verlos así, serios y en silencio, era un espectáculo impresionante. Pero ¿quién sería el recién llegado?

En el preciso instante en que estaba a punto de adivinarlo, por el parecido con una fotografía publicada recientemente, Lupin se volvió hacia mí:

—Querido amigo, te presento a Isidore Beautrelet. —E inmediatamente, dirigiéndose al chico, añadió—: Señor Beautrelet, antes de nada, quiero agradecerle que haya aceptado retrasar su declaración pública hasta después de esta reunión, como le solicitaba en mi carta, y también que me haya concedido esta entrevista tan amablemente.

Beautrelet sonrió.

—Le rogaría que observara que mi amabilidad consiste sobre todo en obedecer sus órdenes. La amenaza que incluía en esa carta era determinante, porque no iba contra mí, sino contra mi padre.

—Por supuesto —respondió Lupin riendo—, uno hace lo que puede y debe valerse de los recursos que tiene a su disposición. Sabía por experiencia que su propia seguridad le es indiferente, porque resistió a los argumentos del señor Brédoux. Quedaba su padre... Su padre al que tanto quiere. Toqué esa tecla.

—Y aquí estoy —confirmó Beautrelet.

Los invité a sentarse. Así lo hicieron, y Lupin, con ese tono imperceptiblemente irónico tan suyo, insistió:

—De todos modos, señor Beautrelet, si no acepta mi gratitud, al menos no rechazará mis disculpas.

—¡Disculpas! ¿Por qué señor?

—Por la brutalidad de Brédoux.

—Confieso que me sorprendió. No era la manera habitual de actuar de Lupin. Una puñalada...

—Yo no tengo nada que ver con eso. Brédoux estaba recién incorporado a la banda. Cuando mis amigos empezaron a llevar las riendas del negocio, pensaron que podría sernos útil ganar para la causa al mismísimo secretario del juez de instrucción.

—Sus amigos no se equivocaron.

—Es cierto, a Brédoux le habían encargado especialmente que se ocupara de usted y fue muy valioso. Pero con el entusiasmo propio de los neófitos que quieren destacar, se excedió y entorpeció mis planes cuando se atrevió, por iniciativa propia, a atacarlo.

—¡Vaya! Un pequeño contratiempo.

—Por supuesto que no, en absoluto, y lo reprendí severamente. No obstante, tengo que decir, a su favor, que le cogió desprevenido la rapidez inesperada de su investigación. Si nos hubiera dado algunas horas más, se habría librado de ese ataque imperdonable.

—¿Y habría tenido la gran ventaja de correr la suerte de Ganimard y Sholmès?

—Exactamente —dijo Lupin riendo más fuerte—. Y yo no habría sufrido la cruel angustia que me provocaron sus heridas. Pasé unas horas horrorosas, se lo juro, y, aún hoy, su palidez me produce dolorosos remordimientos. No me guarda rencor, ¿verdad?

—La confianza que me demuestra, presentándose aquí, sin condiciones, lo borra todo —respondió Beautrelet—. ¡Yo habría podido fácilmente venir con algunos amigos de Ganimard!

¿Hablaba en serio? Confieso que estaba muy desconcertado. La lucha entre esos dos hombres empezaba de una manera completamente incomprensible para mí. Yo había estado presente la primera vez que Lupin y Sholmès se vieron en el café de la estación del Norte,[1] y no podía evitar acordarme del aspecto soberbio de los dos combatientes, del tremendo choque de sus orgullos oculto bajo la educación de sus modales, de los duros golpes que se asestaban, de sus engaños y su arrogancia.

En ese momento, nada era igual. Lupin no había cambiado. La misma táctica y la misma amabilidad socarrona. Pero ¡a qué extraño adversario se enfrentaba! ¿Era siquiera un adversario? Francamente, no tenía ni el tono ni el aspecto. Muy tranquilo, pero con una tranquilidad real, que no ocultaba la rabia de alguien que se contiene; muy educado, pero sin exagerar, y sonriendo, pero sin burlarse. Era el contraste perfecto de Lupin, tan perfecto incluso que Lupin me pareció igual de desconcertado que yo.

No, indudablemente, Lupin no tenía la misma seguridad de siempre frente a ese adolescente frágil, con las mejillas sonrosadas de una muchacha y unos ojos inocentes y amables. Varias veces, lo vi incómodo. Titubeaba, no atacaba con decisión y perdía el tiempo con frases melifluas y cursilerías.

También parecía que echaba de menos algo. Parecía buscar, esperar algo. Pero ¿qué? ¿Alguna ayuda?

Sonó el timbre otra vez. Lupin fue a abrir rápidamente.

Volvió con un sobre.

—¿Me permiten, señores? —nos preguntó. Abrió el sobre. Dentro había un telegrama. Lo leyó. Entonces, fue como si se hubiera transformado. Se le iluminó la cara, se puso muy derecho y vi que se le hinchaban las venas de la frente. Era la persona atlética que recordaba, la autoritaria, con dominio de sí misma, de los acontecimientos y de las personas. Dejó el telegrama abierto en la mesa, dio un puñetazo encima del papel y gritó—: ¡Ahora, señor

---

1   *Arsène Lupin contra Herlock Sholmès*, ed. Alma, Barcelona, 2022.

Beautrelet, usted y yo vamos a vernos las caras! —Beautrelet se puso en actitud de escuchar y Lupin empezó a hablar con voz medida, pero seca y firme—: Fuera las caretas, ¿de acuerdo?, y dejémonos de hipocresías. Somos enemigos que sabemos perfectamente a qué atenernos mutuamente, actuamos como enemigos el uno del otro, y por lo tanto debemos negociar como enemigos.

—¿Negociar? —repitió Beautrelet sorprendido.

—Sí, negociar. No he dicho esa palabra al azar y la repito, aunque me cueste. Y me cuesta mucho. Es la primera vez que la uso con un adversario, pero también, y se lo digo ya, la última. Aprovéchelo. No saldré de aquí sin una promesa por su parte. De lo contrario, será la guerra.

Beautrelet parecía cada vez más sorprendido.

—No esperaba esto —dijo tranquilamente—. ¡Me habla de forma muy extraña! ¡Qué diferente es de lo que yo creía! Sí, lo imaginaba muy distinto... ¿Por qué está furioso? ¿Por qué me amenaza? Entonces, ¿somos enemigos porque las circunstancias nos enfrentan? ¿Por qué tenemos que ser enemigos?

Lupin pareció un poco desconcertado, pero respondió burlonamente, inclinándose sobre el chico.

—Escuche, amigo, aquí lo importante no es elegir las expresiones. Lo importante es un hecho, un hecho cierto e indiscutible, y es este: en diez años, aún nunca me he encontrado con un adversario tan fuerte como usted; con Ganimard y Herlock Sholmès fue un juego de niños. Con usted, estoy obligado a defenderme, incluso diría que a dar marcha atrás. Sí, en este momento, usted y yo sabemos perfectamente que debo considerarme como el vencido. Isidore Beautrelet supera a Arsène Lupin. Me ha desbaratado los planes. Lo que intenté ocultar, usted lo ha expuesto a plena luz del día. Usted me molesta, me entorpece el camino. ¡Pues bien, ya estoy harto! Brédoux se lo dijo inútilmente. Yo se lo repito e insisto para que lo tenga en cuenta. Estoy harto.

Beautrelet asintió.

—Pero, en definitiva, ¿qué quiere?

—¡Paz! Cada uno en su casa, en su terreno.

—Es decir, usted libre para robar cómodamente y yo libre para volver a mis estudios.

—A sus estudios… o a lo que quiera, eso no me incumbe… Pero me dejará en paz… Quiero paz…

—Y ahora, ¿cómo puedo alterar su paz?

Lupin le sujetó la mano con violencia.

—¡Lo sabe muy bien! No finja desconocerlo. Usted conoce un secreto al que yo concedo la mayor importancia. Ese secreto estaba en su derecho de adivinarlo, pero no es quién para hacerlo público.

—¿Y está seguro de que lo conozco?

—Sí, lo conoce, estoy seguro: he seguido la evolución de su pensamiento y el desarrollo de su investigación día a día, minuto a minuto. En el preciso instante en el que Brédoux lo apuñaló iba a contarlo todo. Luego, lo retrasó por consideración a su padre. Pero hoy se lo ha prometido a este periódico. El artículo está preparado. Lo maquetarán dentro de una hora. Mañana lo publicarán.

—Exactamente.

Lupin se levantó y cortó el aire con la mano.

—No lo publicarán —gritó.

—Lo publicarán —dijo Beautrelet levantándose de golpe.

Por fin los dos se alzaban uno contra otro. Me dio la sensación de un choque, como si se hubieran enfrentado a golpes. Una energía repentina irritaba a Beautrelet. Parecía que una chispa le había despertado sentimientos nuevos, arrojo, amor propio, el placer de la lucha y la embriaguez del peligro.

Respecto a Lupin, yo sentía, en el brillo de su mirada, la alegría del espadachín que por fin encuentra la espada del rival que tanto detesta.

—¿Ha entregado el artículo?

—Aún no.

—¿Lo lleva encima?

—¡No soy tan tonto! Ya no lo tendría.

—¿Entonces?

—Está en manos de un redactor, dentro de dos sobres. Si no estoy en el periódico a las doce de la noche, lo mandará a maquetar.

—¡Vaya con el granuja! —murmuró Lupin—. Lo tiene todo previsto. —Lupin sentía rabia por dentro, era evidente y aterrador. Beautrelet rio socarronamente, burlón; le embriagaba el triunfo—. Cállate, crío, maldita sea —gritó Lupin—, ¿no sabes quién soy yo? Y que si yo quisiera... ¡Por Dios, se atreve a reír! —Los dos se quedaron en silencio. Luego, Lupin se acercó al chico y con una voz grave le dijo mirándole a los ojos—: Vas a ir corriendo a *Le Grand Journal*...

—No.

—Vas a romper el artículo.

—No.

—Te reunirás con el redactor jefe.

—No.

—Le dirás que te has equivocado.

—No.

—Escribirás otro artículo con la versión oficial del caso de Ambrumésy, la que todo el mundo cree.

—No.

Lupin agarró una regla de hierro que había en el escritorio y sin ningún esfuerzo la rompió con toda limpieza. Estaba tremendamente pálido. Se secó unas gotas de sudor que le caían por la frente. Jamás nadie había opuesto resistencia a los deseos de Lupin y la terquedad de ese crío lo volvía loco.

Apoyó las manos en los hombros de Beautrelet.

—Beautrelet, harás lo siguiente: vas a decir que tus últimas investigaciones te han llevado al convencimiento de que estoy muerto, y que ya no cabe ninguna duda al respecto. Lo dirás porque yo quiero que lo hagas, porque es necesario que la gente crea que estoy muerto. Y, sobre todo, lo dirás porque si no lo dices... —insistió, pronunciando despacio las palabras.

—¿Porque si no lo digo...?

—Esta noche secuestrarán a tu padre, como a Ganimard y a Herlock Sholmès. —Beautrelet sonrió—. No te rías y responde.

—Le respondo que me resulta muy desagradable disgustarlo, pero prometí hablar y hablaré.

—Pues di lo que te indico.

—Diré la verdad —gritó Beautrelet con insistencia—. El placer o, mejor dicho, la necesidad de decir las cosas como son y de decirlo en voz alta es algo que usted no puede comprender. La verdad está aquí, en este cerebro que la descubrió, y saldrá desnuda y estremecedora. Así que el artículo se publicará tal y como lo escribí. Todo el mundo sabrá que Lupin está vivo y por qué usted quería que lo creyesen muerto. Se sabrá todo. —Luego, añadió tranquilamente—: Y nadie secuestrará a mi padre.

Los dos se quedaron callados otra vez, mirándose directamente a los ojos. Se vigilaban. Las espadas estaban clavadas hasta la guarda. Era el silencio pesado que precede a la estocada mortal. ¿Quién la recibiría?

—Esta noche, a las tres de la mañana, salvo que avise de lo contrario, dos amigos míos tienen orden de entrar en la habitación de tu padre, dominarlo por las buenas o por las malas y llevarlo con Ganimard y Herlock Sholmès —murmuró Lupin.

La respuesta fue una carcajada estridente.

—¿Pero no entiendes, bandido, que he tomado precauciones? —gritó Beautrelet—. ¿Te imaginas que soy lo bastante ingenuo como para haber enviado simple y estúpidamente a mi padre a su casa, a la casita aislada, a campo raso, en la que vive? —¡Ay! Una bonita sonrisa irónica animaba la cara del chico. Una sonrisa nueva en sus labios, una sonrisa en la que se sentía la influencia de Lupin... ¡Y aquella insolente forma de tutearlo lo situaba desde el primer golpe a la altura de su enemigo! Beautrelet añadió—: Mira, Lupin, tu gran defecto es que crees que tus tretas son infalibles. ¡Te declaras vencido! ¡Vaya broma! Estás seguro de que al final siempre ganas... Pero te olvidas de que los demás también pueden tener sus tretas. La mía, amigo, es muy simple. —Era fascinante oírlo hablar. Iba de un lado a otro de la habitación, con las manos en los bolsillos, y con la bravuconería y el atrevimiento de un crío que hostiga a un animal feroz encadenado. Francamente, en ese momento vengaba a todas las víctimas del gran aventurero con la venganza más terrible. Por último, dijo—: Lupin, mi padre no está en Saboya. Está en la otra punta de Francia, en el centro de una gran ciudad, con veinte amigos vigilándolo, que tienen orden de no perderlo de vista hasta el final de nuestra batalla. ¿Quieres detalles? Está en Cherburgo, en casa de un trabajador de la base naval, base naval que está cerrada por las noches, adonde solo se puede entrar de día, con autorización y un acompañante. —Se había detenido frente a Lupin y se burlaba como un niño que le hace muecas a un compañero—. ¿Qué te parece, maestro? —Lupin llevaba un rato quieto. Sin mover ni un músculo de la cara. ¿Qué pensaba? ¿Cómo se decidiría a actuar? Para cualquiera que conociera la feroz violencia de su orgullo solo había un desenlace posible: la ruina total, inmediata y definitiva de su enemigo. Crispó los dedos. Por un segundo pensé que se iba a lanzar sobre el chico y estrangularlo—. ¿Qué te parece, maestro? —repitió Beautrelet.

Lupin sujetó el telegrama que estaba encima de la mesa y se lo entregó al chico con absoluto dominio de sí mismo.

—Toma, cachorro, lee esto.

Beautrelet se puso serio de pronto, impresionado por la tranquilidad del gesto. Desdobló el papel.

—¿Qué significa esto...? No entiendo... —murmuró inmediatamente, levantando la mirada.

—Entiendes muy bien la primera palabra —dijo Lupin—. La primera palabra del telegrama, es decir, el nombre del lugar desde el que se envió... Mira... «Cherburgo.»

—Sí... Sí —balbuceó Beautrelet—. Sí... «Cherburgo.» Y ¿qué más?

—¿Qué más? Me parece que lo que pone a continuación está igual de claro: «Recogida del paquete concluida... Compañeros se fueron con él y esperarán instrucciones a las ocho de la mañana. Todo va bien». ¿Qué te parece incomprensible? ¿La palabra «paquete»? Bueno, no se podía escribir «El padre del señor Beautrelet». Y ahora, ¿qué? ¿Cómo se llevó a cabo la operación? ¿Cómo sacaron milagrosamente a tu padre de la base naval de Cherburgo, a pesar de los veinte guardaespaldas? ¡Bueno, es arte en su primer estadio! El caso es que el paquete está enviado. Ahora, ¿qué tienes que decir, cachorro?

Beautrelet, completamente tenso y con un esfuerzo exacerbado, trataba de mantener el tipo. Pero se notaba que le temblaban los labios, que se le contraía la mandíbula y que intentaba inútilmente fijar la mirada en un punto. Farfulló algunas palabras, se calló y, llevándose las manos a la cara, se echó a llorar.

—¡Ay, papá! ¡Papá!

Este desenlace imprevisto era exactamente el desmoronamiento que exigía el amor propio de Lupin, pero también era algo más, algo más infinitamente conmovedor e infinitamente inocente. Lupin hizo un gesto de irritación y agarró el sombrero, como si esa insólita crisis emocional fuera demasiado para él. Pero se detuvo en el umbral de la puerta y volvió despacio, paso a paso.

El sonido dócil del llanto se oía como el triste lamento de un niño abrumado por la pena. Los hombros marcaban el ritmo lastimoso. Las lágrimas caían entre los dedos cruzados. Lupin se inclinó y, sin tocar a Beautrelet, le dijo, con un tono en el que no había rastro de burla, ni siquiera de esa compasión ofensiva de los vencedores:

—No llores, chico. Estos son los golpes que hay que esperar cuando uno se lanza de cabeza a la batalla, como has hecho tú. Te acechan las peores calamidades... Nuestro destino de luchadores lo quiere así. Hay que soportarlo valerosamente. —Luego, añadió con delicadeza—: Tenías razón, ya ves, no somos enemigos. Hace mucho tiempo que lo sé... Desde el primer momento sentí por ti, por el ser inteligente que eres, una simpatía involuntaria y gran admiración. Por eso me gustaría decirte..., y, ante todo, no te ofendas... Lamentaría mucho ofenderte... Pero tengo que decirlo... ¡Pues bien! Renuncia a luchar contra mí... No te lo digo por vanidad ni tampoco con desprecio... Pero, ya ves, la lucha es demasiado desigual... Tú no conoces..., nadie conoce todos mis recursos. Por ejemplo, el secreto de la Aguja hueca que intentas descifrar inútilmente, admite por un instante que sea un tesoro formidable, inagotable... o un refugio invisible, extraordinario, fantástico... O a lo mejor las dos cosas... ¡Imagina el poder sobrehumano que puedo sacar de ahí! Tampoco conoces todos los recursos de mi propio ser, todo lo que mi voluntad y mi imaginación me permiten proponerme y lograr. Piensa que toda mi vida, desde que nací podría decir, apunta hacia un solo objetivo; he trabajado como un esclavo para ser lo que soy y para hacer realidad con toda su perfección el tipo de persona que quería crear y he conseguido crear. Entonces, ¿qué puedes hacer tú? En el momento en que creas alcanzar la victoria, se te escapará, habrá algo en lo que no hayas pensado, nada, un grano de arena que yo habré colocado en el sitio exacto, sin que tú te enteres... Te lo ruego, renuncia... Me veré obligado a hacerte daño y eso me produce mucha tristeza... —Le puso una mano en la frente y repitió—: Por segunda vez, chico, renuncia. Te haré daño. ¿Quién sabe si la trampa en la que caerás inevitablemente ya está abierta bajo tus pies?

Beautrelet apartó la cara. Ya no lloraba. ¿Había escuchado las palabras de Lupin? Por su aire distraído, podía dudarse. Siguió callado dos o tres minutos. Parecía sopesar la decisión que iba a tomar, examinar los pros y los contras, calcular las opciones a su favor y las desfavorables. Y por fin respondió:

—Si cambio el contenido de mi artículo y confirmo la versión de su muerte y si me comprometo a no desmentir nunca la versión falsa que voy a avalar, ¿me jura que dejará libre a mi padre?

—Te lo juro. Mis amigos han ido en coche con tu padre a una ciudad de provincias. Si el artículo de *Le Grand Journal* aparece como te estoy pidiendo, mañana a las ocho de la mañana les llamaré por teléfono y dejarán libre a tu padre.

—De acuerdo —asintió Beautrelet—, me pliego a sus condiciones.

El chico se levantó rápidamente, como si le pareciera inútil continuar con la conversación, después de haber aceptado su derrota, y, con el sombrero en la mano, se despidió primero de mí, luego de Lupin.

Lupin lo miró irse y oyó la puerta cerrarse.

—Pobre crío... —murmuró.

A la mañana siguiente, a las ocho, envié a mi criado a comprar *Le Grand Journal.* Tardó veinte minutos en traerlo, porque se había agotado en la mayoría de los quioscos.

Desdoblé el periódico ansiosamente. En portada aparecía el artículo de Beautrelet. Este es tal y como los periódicos de todo mundo lo reprodujeron:

El propósito de estas líneas no es explicar con detalle la labor de reflexión e investigación que me permitió reconstruir con éxito el drama o, mejor dicho, los dos dramas de Ambrumésy. En mi opinión, esta clase de trabajo y los comentarios que conlleva, deducciones, inducciones, análisis, etcétera, solo tienen un interés relativo y, en cualquier caso, muy banal. No, me limitaré a exponer las dos ideas directrices de mis esfuerzos y, de paso, al exponerlas y resolver los dos problemas que plantean, estaré relatando el caso de una manera muy sencilla, siguiendo el orden de los acontecimientos.

Quizá alguien observe que hay hechos sin demostrar y que dejo una parte bastante importante a la hipótesis. Es cierto. Pero considero que mi hipótesis se basa en las suficientes evidencias como para que el desarrollo de los hechos, incluso de los no probados, se imponga con un rigor inflexible. A menudo, la fuente se pierde bajo el lecho de guijarros, pero no deja de ser la misma fuente la que vuelve a verse en los espacios donde se refleja el azul del cielo...

Así pues, formulo el primer misterio que la hipótesis me solicitó, no detalladamente sino en conjunto: ¿cómo es posible que Lupin, herido de muerte podríamos decir, haya sobrevivido cuarenta días dentro de un agujero oscuro, sin cuidados ni medicamentos ni comida?

Volvamos al principio. El jueves 16 de abril, a las cuatro de la mañana, Arsène Lupin huye por el camino de las ruinas y cae herido de bala, después de que lo hubieran sorprendido en medio de uno de sus robos más audaces. A duras penas se arrastra, vuelve a caer y se levanta con la tenaz esperanza de llegar hasta la capilla. Allí está la cripta que descubrió por casualidad. Si consigue esconderse en la cripta, quizá se salve. Se acerca con gran esfuerzo y ya está a pocos metros cuando oye unos pasos. Extenuado y perdido se abandona. Llega el enemigo. Es la señorita Raymonde de Saint-Véran. Este es el prólogo del drama o, mejor dicho, la primera escena.

¿Qué pasa entre ellos? Es muy fácil de adivinar, porque el desarrollo de los acontecimientos nos da todas las pistas. A los pies de la muchacha hay un hombre herido, agotado por el sufrimiento, que en dos minutos estará atrapado. *El hombre que ella hirió. ¿También va a entregarlo?*

Si asesinó a Jean Daval, sí, dejará que se cumpla el destino. Pero el herido, en pocas palabras, le cuenta la verdad sobre el asesinato en defensa propia que cometió su tío, el señor de Gesvres. Raymonde le cree. ¿Qué va a hacer Raymonde? Nadie puede verlos. Victor, el criado, vigila la puerta pequeña. Albert, el otro criado, apostado en la ventana del salón, los ha perdido de vista. *¿Entregará al hombre que ha herido?*

La muchacha se deja llevar por un sentimiento de compasión irresistible, que todos comprenderán. Siguiendo las indicaciones de Lupin, rápidamente le venda la herida con su pañuelo, para evitar el rastro de sangre. Luego, con una llave que le da Lupin, abre la puerta de la capilla. Y Lupin entra apoyándose en la muchacha. Raymonde vuelve a cerrar y se aleja. Entonces llega Albert.

Si en ese momento o al menos durante los siguientes minutos se hubiera inspeccionado la capilla, Lupin, sin tiempo para recuperar fuerzas, levantar la losa y desaparecer por la escalera de la cripta, estaría atrapado... Pero el registro se hizo seis horas más tarde y de manera muy superficial. Lupin está a salvo, ¿y gracias a quién? A la misma persona que estuvo a punto de matarlo.

A partir de ese momento, lo quiera o no, la señorita de Saint-Véran es su cómplice. Ya no puede entregarlo y, además, tiene que seguir ayudándolo, porque, de lo contrario, el herido moriría en el refugio donde lo ayudó a esconderse. Y ella continúa... Por otra parte, aunque su carácter le obliga a cumplir con esa tarea, es cierto que también se la facilita. Raymonde es muy perspicaz y lo prevé todo. Da al juez de instrucción una descripción falsa de Arsène Lupin —recordemos las versiones diferentes de las dos primas a ese respecto—. Es obvio que, por alguna pista que desconozco, ella descubre la complicidad del falso cochero. Lo avisa y le informa de que urge una operación. Tampoco cabe duda de que ella es la que da el cambiazo a las gorras. Y la que manda escribir la famosa nota, que la señala y amenaza personalmente; después de eso, ¿cómo iba a levantar sospechas?

Y cuando yo estaba a punto de revelar mis primeras impresiones al juez de instrucción, la señorita asegura haberme visto la víspera en el monte bajo. Entonces el señor Filleul duda de mí, y así me hace callar. Una maniobra peligrosa, desde luego, porque despierta mi atención y la dirige hacia quien me carga con una acusación que yo sé falsa, pero maniobra eficaz, porque lo principal es ganar tiempo y cerrarme la boca. Durante cuarenta días, la señorita de Saint-Véran lleva comida y medicamentos a Lupin —que pregunten al farmacéutico de Ouville, él les enseñará las recetas que elaboró para la señorita de Saint-Véran— y, por último, ella cuida al enfermo, le cambia las vendas, está junto a su lecho y *lo cura.*

Así queda resuelto el primero de nuestros dos problemas y, al mismo tiempo, expuesto el drama. Arsène Lupin encontró cerca, en el mismísimo castillo, la ayuda indispensable, primero para que no lo descubrieran y luego para sobrevivir.

Lupin está vivo. Y ahora se plantea el segundo problema, cuya investigación me sirvió de hilo conductor y se corresponde con el segundo drama de Ambrumésy. ¿Por qué Lupin, vivo, libre, otra vez encabezando su banda y todopoderoso como antes, hace esfuerzos desesperados, contra los que yo tropiezo continuamente, para imponer la idea de su muerte a la justicia y al público?

Conviene recordar que la señorita de Saint-Véran era muy guapa. Las fotografías que reprodujeron los periódicos después de su desaparición no hacen justicia a su belleza. Así que pasó lo que tenía que pasar. Lupin ve a esta hermosa muchacha durante cuarenta días, desea su presencia cuando no está, y cuando está sufre por su encanto y su gracia, respira el perfume fresco de su aliento cuando se inclina sobre él... Lupin se enamora de su enfermera. El agradecimiento se convierte en amor y la admiración en pasión. Raymonde es la salvación, pero también la alegría de sus ojos, el sueño de sus horas solitarias, su luz, su esperanza y su propia vida.

La respeta hasta el punto de que no se aprovecha del sacrificio de la muchacha y no la utiliza para dirigir a sus cómplices. Efectivamente, hay indecisión en las actuaciones de la banda. Pero también la ama y disminuyen sus escrúpulos, y como la señorita de Saint-Véran no se deja conmover por un amor que la ofende, como a medida que sus visitas son menos necesarias las espacia, y el día en que el herido está curado, ya no vuelve... Lupin, desesperado y enloquecido de dolor, toma una decisión terrible. Sale de su guarida, prepara el golpe y el sábado 6 de junio secuestra a la muchacha con ayuda de sus cómplices.

Esto no es todo. No puede saberse que Lupin ha secuestrado a la señorita de Saint-Véran. Hay que poner fin a las investigaciones, a las conjeturas e incluso a la esperanza: harán creer que la señorita de Saint-Véran está muerta. Fingen un asesinato y ofrecen pruebas a la investigación. El crimen es cierto. Un crimen que, por otra parte, la banda había previsto, un crimen que los cómplices anunciaron, un crimen que ejecutaron para vengar la muerte del jefe y así —observen el maravilloso ingenio de la concepción—, ¿cómo lo diría?, así se pone el cebo para que todos crean que Lupin ha muerto.

Pero no basta con hacer que la gente lo crea, hay que imponer la certeza. Lupin prevé mi intervención. Yo adivinaré la falsificación de la capilla. Descubriré la cripta. Y si la cripta está vacía, se vendrá abajo todo el plan.

¡La cripta no estará vacía!

Igualmente, la muerte de la señorita de Saint-Véran solo será definitiva si el mar devuelve el cadáver.

¡El mar devolverá el cadáver de la señorita de Saint-Véran!

¿Es formidable la dificultad? ¿Son insalvables esos dos obstáculos? Sí, para cualquiera que no sea Lupin, pero para Lupin, no...

Tal y como Lupin había previsto, yo adivino la falsificación de la capilla, descubro la cripta y bajo a la guarida donde él se había refugiado. ¡Y ahí está su cadáver!

Todos los que hubieran admitido la posibilidad de la muerte de Lupin ya estarían engañados. Pero yo no admití esa posibilidad ni por un segundo, en primer lugar, por intuición y luego razonando. Así que el subterfugio resultaba inútil y toda la treta infructuosa. Inmediatamente pensé que el bloque de piedra que desprendió el pico estaba colocado ahí con una precisión muy curiosa, que bastaba con un golpecito para que se derrumbara y que, al caer, inevitablemente, haría picadillo la cabeza del falso Arsène Lupin y así sería irreconocible.

Otro descubrimiento. Media hora después me entero de que se había encontrado el cadáver de la señorita de Saint-Véran en las rocas de Dieppe... o, mejor dicho, un cadáver que se considera el de la señorita de Saint-Véran, porque lleva una pulsera en el brazo parecida a una suya. De hecho, ese es el único dato para identificarla, porque el cadáver está irreconocible.

Después de eso, recuerdo un detalle y lo entiendo todo. Unos días antes, había leído en *La Vigie de Dieppe* que un matrimonio joven, americano, de paso por Envermeu, se envenenó voluntariamente y que la misma noche de su muerte los cadáveres desaparecieron. Corro a Envermeu. La historia es cierta, me dicen, excepto por la desaparición de los cadáveres, porque los hermanos de las dos víctimas los reclamaron y se los llevaron después de las comprobaciones habituales. No cabe duda de que esos hermanos se llamaban Arsène Lupin y compinches.

Por lo tanto, los hechos están demostrados. Sabemos el motivo por el que Lupin fingió la muerte de la muchacha y acreditó el rumor de su propia muerte. Se ha enamorado y no quiere que nadie lo sepa. Y para que no se sepa, no retrocede ante nada; llega incluso a cometer el increíble robo de los dos cadáveres que necesita para hacerlos pasar por el suyo y el de la señorita de Saint-Véran. Así estará tranquilo. Nada puede molestarlo. Nadie sospechará la verdad que quiere ocultar.

¿Nadie? Sí... Llegado el caso, tres enemigos podrían albergar algunas dudas: Ganimard, al que esperaban en el castillo; Herlock Sholmès, que tenía que atravesar el Canal, y yo mismo, que estaba sobre el terreno. Eso suponía tres peligros. Lupin los suprimió. Secuestró a Ganimard. Secuestró a Herlock Sholmès. Y ordenó a Brédoux que me diera una puñalada.

Solo queda un asunto confuso. ¿Por qué Lupin puso tanto empeño en robarme el documento de la Aguja hueca? Está claro que, al recuperarlo, no tenía la intención de borrar de mi memoria el texto de cinco líneas del documento. Entonces, ¿por qué? ¿Tenía miedo de que el propio papel, o cualquier otra pista, me proporcionara alguna información?

En cualquier caso, esta es la verdad del caso de Ambrumésy. Repito que la hipótesis tiene cierta función en la explicación que propongo, como también tuvo un importante cometido en mis investigaciones personales. Pero si esperásemos a las pruebas y los hechos para combatir a Lupin, correríamos el gran riesgo de seguir esperando para siempre o de que Lupin los preparase para conducirnos exactamente al lado opuesto del objetivo.

Confío en que cuando conozcamos todos los hechos, estos confirmen mi hipótesis punto por punto.

Así que, Beautrelet, aunque en un momento se vio dominado por Arsène Lupin, trastornado por el secuestro de su padre y resignado a la derrota, al final no había podido tomar la decisión de guardar silencio. La verdad era demasiado bonita, demasiado extraña, y las pruebas que podía presentar, demasiado lógicas, demasiado concluyentes para que el chico aceptara tergiversarlas. El mundo entero esperaba sus revelaciones. Beautrelet había hablado.

La misma noche en que el artículo salió publicado, los periódicos anunciaban el secuestro del padre de Beautrelet. A las tres, Isidore recibió un telegrama de Cherburgo avisándolo.

V

SOBRE LA PISTA

La violencia del golpe dejó aturdido al chico. En el fondo, aunque había ordenado publicar el artículo en un arrebato de los que hacen desdeñar la prudencia, nunca creyó posible que Lupin secuestrara a su padre. Había tomado demasiadas precauciones. Los amigos de Cherburgo no solo tenían que cuidar a su padre, sino también vigilar sus movimientos, impedir que saliera solo y no entregarle ni siquiera una carta sin haberla abierto antes. No, no había peligro. Lupin fanfarroneaba; Lupin, ansioso por ganar tiempo, intentaba intimidar al enemigo. Así que el golpe fue casi imprevisto y durante toda la tarde Beautrelet, incapaz de actuar, sufría el doloroso impacto. Solo lo sostenía una idea: marcharse, ir a la base naval, comprobar por sí mismo qué había pasado y reanudar la ofensiva. Envió un telegrama a Cherburgo. Hacia las ocho llegó a la estación de Saint-Lazare. Unos minutos después, viajaba en el expreso.

Una hora más tarde, al desdoblar mecánicamente el periódico de la tarde que había comprado en la estación, se enteró de la famosa carta con la que Lupin respondía indirectamente a su artículo de la mañana.

> Señor director:
> Francamente, no pretendo que mi modesta figura, que en tiempos más heroicos habría pasado completamente desapercibida, adquiera

relieve en la época de abulia y mediocridad que vivimos. Pero hay un límite que la curiosidad malsana de la gente no debería sobrepasar si no queremos considerar indecente su indiscreción. Si dejamos de respetar la barrera de la vida privada, ¿cuál será la salvaguarda de los ciudadanos?

¿Invocarán ustedes el interés superior de la verdad? Una excusa inútil en este caso, porque la verdad ya se conoce y yo no tengo ningún problema en escribir una confesión oficial. Sí, la señorita de Saint-Véran está viva. Sí, la amo. Sí, me apena que ella no me ame. Sí, la investigación del joven Beautrelet es de una precisión y exactitud admirables. Sí, estamos de acuerdo en todos los puntos. Ya no hay misterio. ¿Y entonces, qué...?

Sufriendo hasta en lo más profundo de mi alma y sangrando por las heridas morales más crueles, pido que dejen de exponer mis sentimientos más íntimos y mis esperanzas más secretas a la malicia pública. Pido paz, una paz que necesito para conquistar el cariño de la señorita de Saint-Véran y para borrar de su recuerdo los mil pequeños ultrajes que recibió de su tío y de su prima —sobre esto no se ha dicho nada—, por su condición de pariente pobre. La señorita de Saint Véran olvidará ese pasado detestable. Todo lo que ella pueda desear, ya sea la joya más hermosa del mundo o el tesoro más inaccesible, yo lo pondré a sus pies. Será feliz. Me amará. Pero para conseguirlo, repito, necesito paz. Por eso depongo las armas y por eso entrego a mis enemigos la rama de olivo, aunque siempre con la advertencia, muy generosa, por cierto, de que una negativa por su parte les podría acarrear consecuencias muy graves.

Una palabra más sobre el señor Harlington. Ese nombre es el de un excelente muchacho, secretario del multimillonario americano Cooley, al que este le encargó arrasar con todos los objetos de arte antiguo que pudiera encontrar en Europa. La mala suerte quiso que el muchacho se topara con mi amigo Étienne de Vaudreix, alias Arsène Lupin, alias yo. Así supo, lo que por otra parte era mentira, que un tal señor de Gesvres quería deshacerse de cuatro Rubens, con la condición de que se cambiaran por copias y de que no se supiera el acuerdo al que llegaban. Mi amigo Vaudreix decía estar seguro de convencer al señor de Gesvres para que vendiera la Capilla Divina. Mi amigo Vaudreix, con muy buena fe, y el señor Harlington, con una ingenuidad entrañable, estuvieron negociando hasta que los Rubens y las piedras esculpidas de la Capilla

Divina se encontraron a buen recaudo... y el señor Harlington en prisión. Así que solo falta poner en libertad al desgraciado americano, porque su actuación se limitó a la mera función de víctima, condenar al multimillonario Cooley, porque, por miedo a los posibles problemas, no protestó ante la detención de su secretario, y felicitar a mi amigo Étienne de Vaudreix, alias yo, por vengar la moral pública, quedándose con los quinientos mil francos que le pagó por adelantado el muy poco simpático Cooley.

Querido director, perdone que me haya extendido tanto y reciba un cordial saludo.

Arsène Lupin

Quizá Isidore sopesara los términos de esta carta con la misma minuciosidad con la que examinó el documento de la Aguja hueca. Partía de un principio, cuya exactitud era fácil de demostrar: Lupin jamás se había tomado la molestia de enviar una sola de sus divertidas cartas al director sin que fuera absolutamente necesario, sin un motivo que los acontecimientos ponían al descubierto en uno u otro momento. ¿Cuál era el motivo de esta? ¿Por qué secreta razón confesaba su amor y su fracaso amoroso? ¿Tenía que investigar eso o las explicaciones sobre el señor Harlington o incluso más allá, tenía que buscar entre líneas, en las palabras cuyo aparente significado quizá solo tuviera el objetivo de sugerir una idea equívoca, traicionera o engañosa...?

Durante horas, Beautrelet, encerrado en el compartimento del tren, estuvo pensativo e inquieto. Desconfiaba de esa carta, como si Lupin la hubiera escrito para él y la utilizara para despistarle a él personalmente. Por primera vez tenía una clarísima sensación de miedo, porque ya no se enfrentaba a un ataque directo, sino a un método de lucha equívoco e indefinible. Y pensando en el bueno de su padre, al que habían secuestrado por su culpa, se planteaba si no era una locura seguir con un duelo tan desigual. ¿Era obvio el resultado? ¿Tenía Lupin la partida ganada de antemano?

¡Una breve debilidad! Cuando a las seis de la mañana bajó del tren, reconfortado por unas horas de sueño, había recuperado completamente la fe.

En el andén lo esperaban Froberval, el trabajador de la base naval que había acogido a su padre, con su hija Charlotte, una cría de doce o trece años.

—¿Qué ha pasado? —gritó Beautrelet. Cuando el buen hombre se puso a lloriquear, el chico lo interrumpió, lo llevó a un bar cercano, le pidió un café y empezó directamente, sin permitirle que anduviera con rodeos—: No han secuestrado a mi padre, ¿verdad? ¡Era imposible!

—Era imposible. Pero ha desaparecido.

—¿Cuándo?

—No lo sabemos.

—¡Cómo!

—No. Ayer, a las seis de la mañana, al ver que no bajaba, abrí la puerta de su habitación. Y ya no estaba.

—Y, anteayer, ¿aún seguía en su casa?

—Sí. Anteayer no salió de su habitación. Se encontraba un poco cansado y Charlotte le llevó el almuerzo a mediodía y la cena a las siete.

—¿Así que desapareció entre las siete de la tarde de anteayer y las seis de la mañana de ayer?

—Sí, la pasada noche. Pero...

—Pero ¿qué?

—Pues que no se puede salir de la base por la noche.

—Entonces, ¿no ha salido de aquí?

—¡Eso es imposible! Mis compañeros y yo registramos el puerto de arriba abajo.

—Por lo tanto, salió.

—Pero es imposible. Hay vigilancia por todas partes.

—¿La cama de su habitación estaba deshecha? —preguntó Beautrelet después de reflexionar.

—No.

—¿Y la habitación, ordenada?

—Sí. Encontré su pipa donde la dejaba siempre, el tabaco y el libro que estaba leyendo. Incluso dentro del libro había una fotografía de usted marcando la página.

—Enséñemela.

Froberval le entregó la fotografía. Beautrelet hizo un gesto de sorpresa. Acababa de reconocerse en la instantánea, con las manos en los bolsillos y, a su alrededor, césped, una arboleda y ruinas.

—Debe de ser el último retrato que le envió. Mire, por detrás hay una fecha, «3 de abril», el nombre del fotógrafo, «C. de Val», y el nombre de la ciudad, «Lion...», Lion-sur-Mer, quizá... —añadió Froberval.

Efectivamente, Beautrelet había dado la vuelta a la foto y leía la notita escrita con su propia letra: «C de Val – 3-4 – Lion».

Se quedó en silencio unos minutos.

—¿Mi padre le enseñó la fotografía? —preguntó.

—Pues no, y ayer, cuando la vi, me extrañó... ¡porque su padre hablaba continuamente de usted! —Un nuevo silencio muy largo—. Tengo trabajo en el taller... Podríamos ir a casa... —murmuró Froberval.

Y volvió a callarse. Isidoro no había despegado los ojos de la fotografía, la examinaba por todos lados. Finalmente, el chico preguntó:

—¿Hay un albergue del Lion d'Or fuera de la base, a unos tres kilómetros?

—Sí, claro que sí, a poco más de tres kilómetros de aquí.

—En la carretera de Valognes, ¿verdad?

—Sí, en la carretera de Valognes.

—Tengo motivos para sospechar que ese albergue fue el cuartel general de los amigos de Lupin. Y desde allí se pusieron en contacto con mi padre.

—¡Qué disparate! Su padre no hablaba con nadie. No veía a nadie.

—Él no vio a nadie, pero utilizaron un intermediario.

—¿Qué pruebas tiene?

—Esta fotografía.

—Pero ¿no es suya?

—Es mía, aunque yo no la envié. Ni siquiera la conocía. Seguramente la hizo a mis espaldas el secretario del juez de instrucción, que, como sabe, era cómplice de Arsène Lupin.

—¿Y entonces?

—Esta fotografía ha sido el salvoconducto, el talismán para ganarse la confianza de mi padre.

—¿Y quién? ¿Quién pudo entrar en mi casa?

—No lo sé, pero mi padre cayó en la trampa. Le dijeron que yo estaba por los alrededores, que quería verlo y que nos encontraríamos en el albergue del Lion d'Or, y él les creyó.

—Todo esto es una locura. ¿Cómo puede estar tan seguro?

—Muy fácil. Imitaron mi letra detrás de la fotografía y fijaron el encuentro... Carretera de Valognes, 3,400 kilómetros, albergue del Lion. Mi padre fue y lo atraparon. Así de fácil.

—De acuerdo —murmuró Froberval atónito—. De acuerdo... Lo admito... Así pasó todo, pero eso no explica cómo pudo salir de la base por la noche.

—Se escapó en pleno día, dispuesto a esperar hasta la noche para ir al lugar del encuentro.

—¡Pero, maldita sea, si no salió de su habitación durante todo aquel día!

—Hay un modo de asegurarse; Froberval, corra a la base y busque a alguno de los hombres que estaban de guardia anteayer por la tarde... Pero dese prisa si quiere encontrarme aquí.

—Entonces, ¿se marcha?

—Sí, vuelvo al tren.

—¡Cómo! Sin saber... Sin investigar...

—Aquí ya he terminado. Ya sé, más o menos, todo lo que quería. Dentro de una hora me habré marchado de Cherburgo.

Froberval se levantó. Miró a Beautrelet con cara de bobo, dudó un instante y luego se puso la gorra.

—Charlotte, ¿vienes?

—No —respondió Beautrelet—, aún necesito algo más de información. Déjela conmigo. Charlaremos los dos. La conocí cuando era muy pequeña.

Froberval se fue. Beautrelet y la niña se quedaron solos en el bar. Transcurrieron unos minutos, entró un chico, se llevó dos tazas y desapareció.

Beautrelet y la niña se miraron; él apoyó su mano en la de la chiquilla con mucha delicadeza. La cría lo miró dos o tres segundos, abrumada, como sofocada. Luego se tapó la cara con los brazos doblados y se echó a llorar.

Beautrelet la dejó llorar, pero enseguida le preguntó:

—Lo hiciste tú, ¿es así? ¿Fuiste tú la intermediaria? ¿Le llevaste tú la fotografía? Lo confiesas, ¿verdad? Y cuando dijiste que anteayer mi padre estaba en su habitación, sabías perfectamente que no era así, porque tú le habías ayudado a escapar... —La niña no respondía. Beautrelet insistió—: ¿Por qué lo hiciste? Seguramente te ofrecieron dinero... para comprarte lazos o un vestido... —Separó los brazos de Charlotte y le levantó la cabeza. Vio un pobre rostro surcado de lágrimas, ese rostro gracioso, inquietante y vivaz de las chiquillas predestinadas a todas las tentaciones, a todas las debilidades—. Vamos —añadió—, se acabó, no hablemos más de esto... Ni siquiera te preguntaré cómo ocurrió. ¡Solo dime lo que pueda serme útil! ¿Escuchaste algo, alguna palabra a esa gente? ¿Cómo lo secuestraron?

—En automóvil... —respondió inmediatamente—, los oí hablar de eso.

—¿Por qué carretera se fueron?

—Bueno, no lo sé.

—¿Dijeron algo delante de ti que pueda ayudarme?

—No... Pero uno comentó: «No hay tiempo que perder, mañana a las ocho de la mañana el jefe nos llamará a...»

—¿A dónde...? Recuerda, ¿era el nombre de una ciudad?

—Sí..., un nombre..., como *château*...

—¿Châteaubriant? ¿Château-Thierry?

—No... No...

—¿Châteauroux?

—Eso es... Châteauroux...

Beautrelet no esperó a que pronunciara la última sílaba. Ya estaba de pie y, sin pensar en Froberval ni preocuparse más de la niña, que lo miraba sorprendida, abrió la puerta y corrió a la estación.

—Châteauroux... Señora... Un billete a Châteauroux...

—¿Por Le Mans y Tours? —preguntó la taquillera.

—Pues claro, el más corto... ¿Llegaré a comer?

—No, qué va...

—¿Y a cenar? ¿O a dormir?

—No, para eso tendría que pasar por París... El expreso de París sale a las ocho... Ya es demasiado tarde.

No era demasiado tarde. Beautrelet consiguió llegar a tiempo.

—Vamos —dijo Beautrelet, frotándose las manos—, solo he pasado una hora en Cherburgo, pero ha sido muy útil.

Ni por un instante pensó en acusar a Charlotte de mentir. Esos caracteres débiles, desamparados y capaces de las peores traiciones también obedecen a impulsos de sinceridad, y Beautrelet había visto en los ojos asustados de la niña la vergüenza por el daño que había causado y la alegría de repararlo en parte. Así que no dudaba de que la otra ciudad, la que había mencionado Lupin, era Châteauroux ni de que llamaría allí a sus cómplices.

En cuanto llegó a París, Beautrelet tomó todas las precauciones necesarias para evitar que lo siguieran. Tenía la sensación de que era un momento importante. Iba por el buen camino que lo llevaría hasta su padre; una imprudencia podía estropearlo todo.

Fue a casa de un compañero de instituto y salió de allí una hora más tarde irreconocible. Era un inglés de unos treinta años, vestido con un traje marrón de cuadros grandes, unos pantalones *breeches,* medias de lana, gorra de viaje, la cara colorada y una sotabarba corta, pelirroja.

Se subió a una bicicleta que tenía enganchados todos los bártulos de un pintor y salió pitando hacia la estación de Austerlitz.

Por la noche, durmió en Issoudun. Al día siguiente, a primera hora de la mañana, saltó a la bici. A las siete se presentó en la oficina de correos de Châteauroux y pidió que le comunicaran con París. Como tuvo que esperar, entabló conversación con el empleado y supo que, la antevíspera, un individuo con atuendo de automovilista recibió una llamada de París.

Ya tenía la prueba. No esperó más.

Por la tarde, gracias a diferentes testimonios irrecusables, supo que una limusina, que seguía la carretera de Tours, había pasado por Buzançais y Châteauroux, y que luego se detuvo a las afueras de la ciudad, en el lindero del bosque. Hacia las diez, un cabriolé, guiado por un individuo, se detuvo junto a la limusina e inmediatamente se alejó hacia el sur por el valle de Bouzanne. En ese momento, había otra persona al lado del cochero. El automóvil se fue por el camino contrario, hacia el norte, hacia Issoudun.

Isidore descubrió fácilmente al dueño del cabriolé. Pero aquel señor no pudo decirle nada. Un individuo había alquilado el coche y el caballo y los devolvió él mismo al día siguiente.

Por último, ya esa noche, Isidore confirmó que el automóvil solo llegó a Issoudun; luego volvió por la carretera de Orleans, es decir, hacia París.

De toda esa información se deducía de manera incuestionable que el padre de Beautrelet estaba por los alrededores. Si no, ¿por qué alguien iba a recorrer casi quinientos kilómetros por toda Francia para ir a recibir una llamada telefónica a Châteauroux y luego volver, en ángulo agudo, hacia París? Ese increíble paseo tenía un objetivo concreto: trasladar al padre de Beautrelet al lugar que le habían asignado. «Y ese lugar está al alcance de mi mano —pensaba Isidore, temblando de esperanza—. A cincuenta, a setenta kilómetros de aquí mi padre espera que lo salve. Está ahí. Respira el mismo aire que yo».

Inmediatamente, se puso manos a la obra. Desplegó un mapa del Estado Mayor, lo dividió en cuadrados pequeños y fue inspeccionándolos uno tras otro; entraba en las granjas, tiraba de la lengua a los campesinos, hablaba con los maestros, alcaldes, curas, y charlaba con las mujeres. Le parecía que, sin mucho tardar, iba a alcanzar su objetivo, y su sueño se magnificaba. Ya no esperaba liberar solo a su padre, sino también a todos los que Lupin tenía cautivos: Raymonde de Saint-Véran, Ganimard, quizá a Herlock Sholmès y a más, a muchos más. Y, cuando llegara hasta ellos, también llegaría al corazón de la fortaleza de Lupin, a su guarida, a ese refugio impenetrable donde amontonaba los tesoros que había robado al universo.

Pero, tras quince días de búsqueda infructuosa, su entusiasmo acabó decayendo y muy pronto perdió la confianza. El éxito tardaba en dibujarse; de la noche a la mañana, lo consideró casi imposible y, aunque seguía con su plan de investigación, le habría sorprendido mucho que sus esfuerzos hubieran desembocado en algún descubrimiento.

Y aún transcurrieron más días monótonos y desalentadores. Por los periódicos supo que el conde de Gesvres y su hija se habían marchado de Ambrumésy y se habían instalado en los alrededores de Niza. También supo que habían excarcelado al señor Harlington, cuya inocencia quedó aclarada, de acuerdo con las indicaciones de Arsène Lupin.

Cambió de cuartel general y se quedó dos días en La Châtre y otros dos en Argenton. El mismo resultado.

En ese momento, estaba a punto de abandonar la partida. Evidentemente, en aquel cabriolé solo hicieron una etapa, y luego cambiaron de coche para hacer la siguiente. Su padre ya estaría muy lejos. Pensó en marcharse de allí.

Pero, un lunes por la mañana, en un sobre sin franquear que le habían reenviado de París, vio una letra que le conmocionó. Estaba tan emocionado que tardó unos minutos en atreverse a abrirlo, por miedo a una decepción. Le temblaban las manos. ¿Sería verdad? ¿O sería una trampa que le tendía su maldito enemigo? Abrió el sobre de golpe. Era, efectivamente, una carta de su padre, escrita de su puño y letra. La forma de redactar tenía todas las características, todas las muletillas de un estilo que conocía muy bien. La leyó:

> ¿Te llegarán estas palabras, querido hijo? No me atrevo a creerlo.
>
> Durante toda la noche del secuestro, viajamos en un automóvil; luego, por la mañana, en coche de caballos. No pude ver nada. Tenía los ojos vendados. Por la forma del edificio y la vegetación del jardín, el castillo donde me retienen debe de estar en el centro de Francia. Me han instalado en una habitación de la segunda planta, una habitación con dos ventanas, una de ellas casi oculta por una cortina de glicinas. Por la tarde, durante algunas horas, me permiten pasear por el jardín con libertad, pero no aflojan la vigilancia.
>
> Por si hay suerte, te escribo esta carta y la ato a una piedra. A lo mejor, algún día podré tirarla por encima del muro y la recogerá un campesino. No te preocupes. Me tratan con mucho respeto.
>
> Tu viejo padre que te quiere mucho y que está muy triste pensando en las preocupaciones que te causa.
>
> Beautrelet

Inmediatamente miró los matasellos de correos. «Cuzion (Indre).» ¡Indre! ¡Llevaba semanas buscando encarnizadamente por esa región!

Consultó una guía de bolsillo que siempre llevaba encima. Cuzion, cantón de Éguzon... También había pasado por ahí.

Por precaución, dejó de interpretar el papel de pintor inglés, porque empezaba a ser conocido en la región, se disfrazó de obrero y salió corriendo hacia Cuzion, una aldea pequeña, donde descubrió con facilidad al remitente de la carta.

De hecho, la suerte enseguida estuvo de su lado.

—¿Una carta que se echó al correo el miércoles pasado? —exclamó el alcalde, un aldeano bonachón que se puso a su disposición cuando Beautrelet le pidió ayuda—. Escuche, creo que puedo contarle algo muy interesante... El sábado por la mañana, a la salida del pueblo, me crucé con un viejo afilador que recorre todas las ferias de la región, el señor Charel, y me preguntó:

—Señor alcalde, ¿se puede enviar una carta sin sello?

—Claro.

—¿Y llega a su destino?

—Por supuesto, pero hay que pagar un suplemento, nada más.

—¿Dónde vive ese señor Charel?

—Vive solo, allí..., en la colina..., en una casucha detrás del cementerio... ¿Quiere que lo acompañe?

Era una casucha aislada, en medio de una huerta rodeada de árboles altos. Cuando entraron, tres urracas salieron volando de la caseta donde estaba atado el perro guardián. Pero, cuando se acercaron, el perro no ladró ni se movió.

Beautrelet se adelantó muy sorprendido. El animal estaba tumbado de lado, con las patas rígidas, muerto.

Deprisa y corriendo fueron hacia la casa. La puerta estaba abierta.

Entraron. En un rincón de una habitación húmeda y miserable había un hombre completamente vestido, tumbado en un jergón asqueroso, tirado en el suelo.

—¡El señor Charel! —gritó el alcalde—. ¿También está muerto?

El buen hombre tenía las manos frías y la cara espantosamente pálida, pero el corazón aún le latía con un ritmo débil y lento, y no parecía estar herido.

Intentaron reanimarlo, pero como no lo conseguían, Beautrelet fue a buscar a un médico. El médico no tuvo más éxito. El hombre no parecía sufrir. Se podía decir que simplemente dormía, pero con un sueño artificial, como si lo hubieran dormido con hipnosis o algún narcótico.

Sin embargo, a mitad de la noche siguiente, Beautrelet, que lo velaba, se dio cuenta de que la respiración del hombre se fortalecía y de que todo su ser parecía escapar de las ataduras invisibles que lo paralizaban.

Al amanecer, Charel despertó y recuperó las funciones normales, comió, bebió y se movió. Pero durante todo el día no pudo responder a las preguntas del chico, porque una inexplicable somnolencia seguía adormeciéndole el cerebro.

Al día siguiente, le preguntó a Beautrelet:

—¿Qué hace usted aquí?

Era la primera vez que le sorprendía ver a un extraño a su lado.

Así, poco a poco, el afilador se recuperó completamente. Hablaba. Hizo planes. Pero cuando Beautrelet le preguntó qué había ocurrido antes de que se quedara dormido, el hombre pareció no entender.

Y Beautrelet tuvo la sensación de que, de verdad, no entendía. El hombre no recordaba nada de lo que había pasado desde el viernes anterior. Era como un abismo repentino en el curso ordinario de su vida. Contaba lo que hizo la mañana y la tarde del viernes, los tratos que cerró en la feria y lo que comió en el mesón. Luego… Nada más… Creía haberse despertado a la mañana siguiente de aquel día.

Para Beautrelet eso fue horrible. La verdad estaba ahí, en esos ojos que habían visto los muros del jardín detrás de los que lo esperaba su padre, en esas manos que habían recogido la carta, en ese cerebro confundido que había grabado el lugar de la escena, el paisaje, el rinconcito del mundo donde se interpretaba el drama. ¡Y de esas manos, de esos ojos, de ese cerebro, él no podía sacar ni el más débil eco de la verdad tan cercana!

¡Ay! ¡Ese obstáculo impalpable y formidable, ese obstáculo hecho de silencio y olvido, qué claro llevaba el sello de Lupin! Solo Lupin, al que seguramente informaron de que el padre de Beautrelet había intentado pedir ayuda, era capaz de producir una muerte parcial a la única persona cuyo testimonio podía entorpecerlo. Y lo peor no era que Beautrelet pensara que lo habían descubierto y que Lupin, consciente de su ataque furtivo y sabiendo que había recibido una carta, se hubiera defendido de él personalmente. No, lo peor era la previsión y la tremenda inteligencia que demostraba el bandido al suprimir la posible acusación del transeúnte. Ya nadie sabía que había un prisionero dentro de los muros de un jardín pidiendo auxilio.

¿Nadie? Sí, Beautrelet. ¿El señor Charel no podía hablar? De acuerdo, pero al menos el chico podía saber a qué feria había ido el buen hombre y el camino lógico para regresar a su casa. Y quizá, a lo largo de ese camino, por fin sería posible encontrar...

Isidore, que, por cierto, había acudido a la casucha de Charel con muchas precauciones para no despertar sospechas, decidió no volver. Se informó y supo que el viernes era el día de mercado en Fresselines, un pueblo importante, a unos cuantos kilómetros de distancia, adonde se podía llegar por la ruta principal, bastante sinuosa, o por atajos.

El viernes decidió ir por la ruta principal y no vio nada que le llamara la atención, ningún muro alto ni la silueta de un castillo antiguo. Comió en un mesón de Fresselines y estaba a punto de marcharse cuando vio aparecer por la plaza al señor Charel, empujando su carrito de afilador. Inmediatamente empezó a seguirlo a mucha distancia.

El buen hombre hizo dos interminables paradas donde afiló docenas de cuchillos. Por fin, se marchó por otro camino distinto, que llevaba hacia Crozant y Éguzon.

Beautrelet fue detrás de él. Pero no había andado ni cinco minutos cuando tuvo la sensación de que no era el único que seguía al buen hombre. Un individuo iba entre ellos, se detenía y continuaba caminando cuando lo hacía el señor Charel; por cierto, sin tomar demasiadas precauciones para que no lo vieran.

«Lo vigilan —pensó Beautrelet—; quizá quieren saber si se detiene delante del muro...»

Tenía palpitaciones. El acontecimiento se acercaba.

Los tres, uno tras otro, subieron y bajaron las pendientes empinadas de la región hasta Crozant. Allí el señor Charel hizo una parada de una hora.

Luego bajó hacia el río y cruzó un puente. Pero entonces ocurrió algo que sorprendió a Beautrelet. El otro individuo no cruzó el río. Miró alejarse a Charel y cuando ya lo había perdido de vista se metió por un sendero que llevaba a pleno campo. ¿Qué hacer entonces? Beautrelet dudó unos segundos; luego, se decidió repentinamente. Se puso a seguir al individuo.

«Habrá comprobado que Charel ha pasado de largo —pensó—. Ya está tranquilo y se va. ¿A dónde? ¿Al castillo?»

Estaba llegando a la meta. Lo sentía porque una especie de euforia dolorosa lo excitaba.

El hombre entró en un bosque oscuro que dominaba el río; luego, apareció de nuevo a plena luz, a lo lejos, en el sendero. Cuando Beautrelet salió del bosque no vio al individuo y se sorprendió. Pero, de pronto, ahogó un grito y, de un salto, volvió a meterse detrás de la línea de árboles de donde acababa de salir. Mientras buscaba al hombre con la mirada, había visto, a la derecha, una muralla muy alta, flanqueada, a distancias iguales, por dos contrafuertes macizos.

¡Ahí estaba! ¡Ahí estaba! ¡Esos muros encarcelaban a su padre! ¡Había encontrado el lugar secreto donde Lupin retenía a sus víctimas!

Ya no se atrevió a alejarse del refugio que le proporcionaba la frondosidad del bosque. Lentamente, casi reptando, fue hacia la derecha y así llegó a la cima de un montículo, que se levantaba hasta la copa de los árboles cercanos. La muralla era aún más alta. Pero distinguió el tejado del castillo que rodeaba, un tejado antiguo, estilo Luis XIII, coronado por unos pináculos muy finos, en campana invertida, alrededor de una flecha más aguda y más alta.

Ese día no hizo nada más. Necesitaba pensar y preparar un plan de ataque sin dejar ningún detalle al azar. Ahora tenía a Lupin en sus manos y a Beautrelet le correspondía elegir el momento y la manera de combatir. Y se fue de allí.

Cerca del puente, se cruzó con dos campesinas que llevaban unos cántaros llenos de leche.

—¿Cómo se llama el castillo que está ahí, detrás de los árboles? —les preguntó.

—Es el castillo de la Aguja.

Había hecho la pregunta sin darle importancia. La respuesta lo conmocionó.

—El castillo de la Aguja... ¡Ah...! Y, ¿dónde estamos? ¿En la región de Indre?

—No, por Dios, Indre está al otro lado del río... Esto es Creuse[2].

Isidore sintió vértigo. ¡El castillo de la Aguja! ¡La región de Creuse! ¡La Aguja hueca! ¡La mismísima clave del documento! La victoria estaba asegurada y sería definitiva, total...

Sin decir ni una palabra más, dio media vuelta y se alejó de las dos mujeres tambaleándose como un borracho.

---

2 *Creuse* significa «hueca» en español. *(N. de la T.)*

VI

UN SECRETO HISTÓRICO

La decisión de Beautrelet fue inmediata: trabajaría solo. Sería muy peligroso dar parte a la justicia. Únicamente tenía sospechas. Además, le asustaban la lentitud de la justicia, las indiscreciones irremediables y toda la investigación previa, que daría a Lupin, informado sin duda, el tiempo necesario para una retirada ordenada.

Al día siguiente, a las ocho de la mañana, con el paquete de sus cosas bajo el brazo, dejó el albergue donde se alojaba en los alrededores de Cuzion, se metió entre los primeros matorrales que encontró, se deshizo de los andrajos de obrero, volvió a convertirse en un pintor inglés y se presentó en el despacho del notario de Éguzon, el pueblo más grande de la comarca.

Le contó que la región le gustaba y que, si encontrara una vivienda adecuada, encantado se instalaría en la zona con sus padres. El notario le indicó varias fincas. Beautrelet insinuó que le habían hablado del castillo de la Aguja, al norte de Creuse.

—Pues sí, pero el castillo de la Aguja, que es propiedad de un cliente mío desde hace cinco años, no está en venta.

—¿Ese señor vive en el castillo?

—Vivía, bueno, él no, su madre. Aunque a ella el castillo le parecía un poco triste y no se encontraba a gusto. Así que el año pasado se mudaron.

—¿Y ahora está deshabitado?

—No, lo alquiló a un italiano, el barón Anfredi, para la temporada de verano.

—¡Ah! El barón Anfredi, un hombre aún joven, con aire bastante pretencioso...

—Pues no lo sé... Mi cliente negoció directamente con él. No firmaron contrato de arrendamiento... Una simple carta...

—¿No conoce al barón?

—No, al parecer casi nunca sale del castillo..., solo algunas veces en automóvil y por la noche. Las compras las hace una cocinera ya mayor que no habla con nadie. Gente extraña...

—¿Y su cliente accedería a vender el castillo?

—No creo. Es un castillo histórico del más puro estilo Luis XIII. Mi cliente le tenía mucho cariño, si no ha cambiado de opinión...

—¿Puede decirme su nombre?

—Louis Valméras, calle Mont-Thabor, 34.

En la estación más próxima, Beautrelet se subió al tren de París. Pasados dos días, después de tres visitas infructuosas, por fin encontró a Louis Valméras. Era un hombre de unos treinta años, de cara amistosa y simpática. Beautrelet consideró inútil andarse con rodeos, así que se presentó claramente y le contó sus problemas y el objetivo de su visita.

—Tengo buenas razones para pensar —concluyó— que mi padre está prisionero en el castillo de la Aguja y, probablemente, con otras víctimas. Vengo a preguntarle qué sabe usted de su inquilino, el barón Anfredi.

—No mucho. Conocí al barón Anfredi el invierno pasado, en Montecarlo. Se enteró por casualidad de que yo tenía un castillo y, como quería pasar el verano en Francia, me hizo una oferta de alquilar.

—Es un hombre joven...

—Sí, con una mirada enérgica y el pelo rubio.

—¿Y barba?

—Sí, termina en dos puntas que caen sobre un falso cuello cerrado por detrás, como un cuello clériman. De hecho, tiene un cierto aire de sacerdote inglés.

—Es él —murmuró, Beautrelet—, es él tal y como lo vi, es su descripción exacta.

—¡Cómo! ¿Usted cree...?

—No, no creo, estoy seguro de que su inquilino es Arsène Lupin.

La historia divirtió a Louis Valméras. Conocía todas las aventuras de Lupin y las peripecias de su enfrentamiento con Beautrelet. Valméras se frotó las manos.

—¡Vaya, el castillo de la Aguja va a hacerse famoso...! Eso no me disgusta, porque, en el fondo, desde que mi madre no vive allí, siempre he tenido la idea de deshacerme de él a la primera oportunidad. Después de esto, encontraré comprador. Pero...

—¿Pero...?

—Le pediría que actuase con extrema prudencia y que no avise a la policía hasta que esté completamente seguro. ¡Imagine que mi inquilino no sea Lupin!

Beautrelet expuso su plan. Iría solo, por la noche, saltaría el muro y se escondería en el jardín...

Louis Valméras lo detuvo inmediatamente.

—No le resultará muy fácil saltar un muro tan alto. Y, si lo consigue, lo recibirán los dos enormes perros guardianes de mi madre, que dejé en el castillo.

—¡Bah! Una albóndiga envenenada...

—¡Muchas gracias! Pero supongamos que escapa de los perros. ¿Y luego? ¿Cómo entrará en el castillo? Las puertas son macizas y las ventanas tienen rejas. Y, por cierto, cuando haya entrado, ¿quién lo guiará? Hay ochenta habitaciones.

—Sí, ¿y no hay un dormitorio con dos ventanas, en la segunda planta...?

—Sé cuál es, lo llamamos la habitación de las glicinas. ¿Pero cómo la encontrará? Hay tres escaleras y un laberinto de pasillos. Por mucho que le indique, que le explique el camino, se perderá.

—Venga conmigo —dijo Beautrelet riendo.

—Imposible. Prometí a mi madre encontrarme con ella en el Midi.

Beautrelet regresó a casa del amigo que lo alojaba y empezó los preparativos. Pero al atardecer, cuando se disponía a marcharse, recibió la visita de Valméras.

—¿Aún quiere que lo ayude?

—¡Sí!

—¡Pues bien! Lo acompaño. Me tienta esta expedición. Creo que no nos aburriremos, me divierte mezclarme en todo esto... Además, le vendrá muy bien que lo ayude. Mire, aquí tiene mi primera colaboración.

Le enseñó una llave gruesa, completamente rugosa de roña y de aspecto venerable.

—¿Y qué abre? —preguntó Beautrelet.

—Una poterna pequeña, oculta entre dos contrafuertes, en desuso desde hace siglos; ni siquiera consideré enseñársela a mi inquilino. Da al campo, exactamente al lindero del bosque...

Beautrelet lo interrumpió con brusquedad.

—Ellos conocen esa puerta. Es evidente que el individuó al que seguí entró por ahí al jardín. Vamos, tenemos una buena mano y ganaremos la partida. ¡Pero demonios, hay que jugar sobre seguro!

Dos días después, al paso de un caballo famélico, llegaba a Crozant un carromato de zíngaros, que obtuvo autorización para acampar en un antiguo cobertizo abandonado. En el carromato iban, además del conductor, que era el mismísimo Valméras, tres hombres jóvenes atareados en trenzar sillones con hebras de mimbre: Beautrelet y dos compañeros del Janson.

Allí estuvieron tres días esperando la noche propicia y merodeando en soledad por los alrededores del jardín. Una vez, Beautrelet vio la poterna. Se abría entre dos contrafuertes y, detrás del manto de zarzas que la ocultaba, casi se confundía con el dibujo de las piedras del muro. Por fin, la cuarta noche, el cielo se cubrió de grandes nubes negras y Valméras decidió que irían de reconocimiento, aunque dispuestos a dar marcha atrás si las circunstancias no eran favorables.

Los cuatro atravesaron el bosque. Luego Beautrelet se arrastró entre los brezos, se incorporó un poco, muy despacio, con movimientos contenidos y, despellejándose las manos con el manto de zarzas, introdujo la llave en la cerradura y la giró con cuidado. ¿Se abriría? ¿Estaría cerrada por el otro lado con un pasador? Empujó la puerta y se abrió sin chirridos, sin sacudidas. Estaba en el jardín.

—Beautrelet, ¿ha entrado? —preguntó Valméras—, espéreme. Amigos, ustedes dos vigilen la puerta para que no nos corten la retirada. A la menor amenaza, un silbido.

Sujetó de la mano a Beautrelet y se internaron en la oscura espesura de la maleza. Cuando llegaron al borde del césped central, se abrió un espacio más claro. En ese preciso instante, se filtró un rayo de luna y vieron el castillo con sus pináculos puntiagudos rodeando la flecha afilada a la que seguramente debía el nombre. No había luz en ninguna ventana. No se oía ni un ruido. Valméras sujetó con fuerza el brazo de su compañero.

—Silencio.

—¿Qué?

—Ahí están los perros... Se da cuenta...

Oyeron un gruñido. Valméras silbó muy bajo. Dos siluetas blancas se abalanzaron y en cuatro saltos se precipitaron a los pies de su amo.

—Buenos chicos... Tumbaos ahí... Bien... No os mováis... —Y a continuación le dijo a Beautrelet—: Ahora vamos, ya estoy tranquilo.

—¿Seguro que conoce el camino?

—Sí. Nos acercamos a la terraza.

—¿Y luego?

—Recuerdo que, a la izquierda, una parte de la terraza que domina el río se levanta a la altura de las ventanas de la planta baja; allí hay un postigo que cierra mal y puede abrirse desde fuera. —De hecho, cuando llegaron, el postigo cedió con el empuje. Valméras cortó el cristal con una punta de diamante. Abrió la falleba. Y entraron uno detrás de otro por el balcón. Ya estaban en el castillo—. Esta es la habitación del fondo del pasillo —añadió Valméras—. Al principio del pasillo hay un vestíbulo inmenso con estatuas y en un extremo de ese vestíbulo sale la escalera que sube a la habitación de su padre. —Dio un paso adelante—. Beautrelet, ¿viene?

—Sí. Sí.

—Pero no viene... ¿Qué le ocurre? —Le tocó la mano. La tenía helada, y Valméras vio que el chico estaba en cuclillas—. ¿Qué le ocurre? —repitió.

—Nada..., se me pasará.

—¡Por el amor de Dios...!

—Tengo miedo...

—¡Tiene miedo!

—Sí —confesó Beautrelet ingenuamente—. Me flaquean los nervios; a menudo consigo dominarlos, pero hoy, el silencio..., la emoción... Además, después de la puñalada del secretario judicial... Se me pasará... Mire, ya está.

Así fue, logró levantarse y Valméras lo arrastró fuera de la habitación. Siguieron a tientas por el pasillo, tan silenciosamente que ninguno de los dos percibía la presencia del otro. Pero un débil resplandor parecía iluminar el vestíbulo. Valméras estiró la cabeza. Era una lamparita colocada al final de la escalera, en un velador, que se veía a través de las ramas frágiles de una palmera.

—¡Alto! —susurró Valméras.

Cerca de la lamparita había un hombre vigilando, de pie, con una escopeta. ¿Los habría visto? Quizá. Al menos, algo debió de alarmarlo, porque empuñó la escopeta.

Beautrelet cayó de rodillas al lado de un macetero y no se movía; era como si tuviese el corazón desbocado en el pecho. El silencio y la quietud tranquilizaron al vigilante. Bajó el arma. Pero siguió con la cabeza vuelta hacia el macetero.

Trascurrieron diez, quince espantosos minutos. Un rayo de luna se había deslizado por la ventana de la escalera. Y, de pronto, Beautrelet se dio cuenta de que el rayo se desplazaba imperceptiblemente y de que antes de diez o quince minutos estaría encima de él, dándole de lleno en la cara. Le cayeron unas gotas de sudor de la frente a las manos temblorosas.

Se sentía tan angustiado que estuvo a punto de levantarse y huir. Pero recordó que Valméras estaba ahí, lo buscó con la mirada y se quedó atónito al verlo, o más bien al intuirlo, arrastrándose en la oscuridad, protegido por las plantas y las estatuas. Ya llegaba a la parte inferior de la escalera, a la altura del hombre, solo a unos pasos de él. ¿Qué iba a hacer? ¿Pasaría por ahí a pesar del vigilante? ¿Subiría él solo a liberar al prisionero? ¿Podría pasar? Beautrelet ya no lo veía, pero tenía la sensación de que algo iba a ocurrir, algo que el silencio, cada vez más pesado, más terrible, también parecía presentir.

Y, de repente, una sombra que salta sobre el hombre, la lamparita que se apaga y un forcejeo... Beautrelet acudió corriendo. Los dos cuerpos rodaban por el suelo. Quiso inclinarse. Pero oyó un gemido ronco, un suspiro y, enseguida, uno de los adversarios se levantó y lo sujetó del brazo. Era Valméras.

—Rápido... Vamos. —Subieron a la segunda planta y llegaron a la entrada de un pasillo cubierta con un tapiz—. A la derecha —resopló Valméras—. La cuarta habitación de la izquierda.

Pronto encontraron la puerta de la habitación. Como esperaban, el prisionero estaba encerrado con llave. Necesitaron media hora para forzar la cerradura, media hora de esfuerzos ahogados e intentos amortiguados. Por fin entraron. Beautrelet encontró la cama a tientas. Su padre dormía. Lo despertó despacio.

—Papá, soy yo, Isidore... y un amigo. No tengas miedo, levántate, no digas ni una palabra...

El padre se vistió, pero, en el momento de salir, les dijo en voz baja:

—No estoy yo solo en el castillo...

—¡Ah! ¿Quién más? ¿Ganimard? ¿Sholmès?

—No, al menos, no los he visto.

—Entonces, ¿quién?

—Una mujer joven.

—Seguro que será la señorita de Saint-Véran...

—No lo sé, la he visto varias veces de lejos, en el jardín, y también al asomarme a la ventana distingo la suya... Me ha hecho señas.

—¿Sabes dónde está su habitación?

—Sí, en este mismo pasillo, la tercera a la derecha.

—La habitación azul —murmuró Valméras—. La puerta es de dos batientes, será más fácil abrirla.

Efectivamente, una de las hojas cedió rápidamente. El padre fue quien se ocupó de avisar a la muchacha.

Diez minutos después, salía de la habitación con ella y le decía a su hijo:

—Tenías razón... Es la señorita de Saint-Véran.

Bajaron los cuatro. Al final de la escalera, Valméras se detuvo y se inclinó sobre el hombre; luego lo arrastró hacia la habitación de la terraza.

—No está muerto, vivirá.

—¡Uf! —soltó Beautrelet aliviado.

—Por suerte, la hoja de mi puñal se dobló... La herida no es mortal. Pero, bueno, estos indecentes no merecen compasión.

Fuera los recibieron los dos perros y los acompañaron hasta la poterna. Allí se encontraron con los dos amigos de Beautrelet. El grupo salió del jardín. Eran las tres de la mañana.

A Beautrelet no le bastó aquella primera victoria. En cuanto instaló a su padre y a la muchacha, les preguntó por las personas que vivían en el castillo y especialmente por las costumbres de Lupin. Así supo que Lupin solo iba cada tres o cuatro días, llegaba por la noche en automóvil y volvía a marcharse a la mañana siguiente. Siempre que estaba en el castillo veía a los dos prisioneros y los dos coincidieron en destacar su consideración y su extrema amabilidad. En aquel momento, no debía de estar en el castillo.

Al margen de él, solo habían visto a una mujer mayor, encargada de la cocina y la limpieza, y a dos hombres que los vigilaban por turnos sin hablarles, dos subordinados, obviamente, por sus modales y su aspecto.

—Aun así, dos cómplices —insistió Beautrelet—, o más bien tres, contando a la señora mayor. Son presas que no debemos menospreciar. Y si no perdemos tiempo...

Subió de un salto a una bicicleta y salió volando hacia Éguzon, despertó a la policía al completo y puso a todo el mundo en marcha, tocó a botasilla y a las ocho volvió a Crozant con un cabo y seis agentes.

Dos se quedaron de guardia junto al carromato. Otros dos, delante de la poterna. Los dos restantes, a las órdenes de su jefe, con Beautrelet y

Valméras, fueron a la entrada principal del castillo. Demasiado tarde. La puerta estaba abierta de par en par. Un campesino les dijo que una hora antes había visto salir un automóvil del castillo.

De hecho, el registro no dio ningún resultado. Con toda probabilidad, la banda debía de estar instalada allí provisionalmente. Encontraron algunos harapos, algo de ropa blanca, utensilios de cocina y nada más.

Lo que más sorprendió a Beautrelet y Valméras fue no ver al hombre herido. No consiguieron descubrir ni el menor rastro de lucha, ni siquiera una gota de sangre en el suelo del vestíbulo.

En resumidas cuentas, no había ninguna prueba material que demostrara que Lupin había estado en el castillo de la Aguja, y la justicia habría tenido derecho a recusar las declaraciones de Beautrelet, de su padre, de Valméras y de la señorita de Saint-Véran, si no hubiera sido porque, al final, descubrió media docena de ramos de flores magníficos con la tarjeta de Arsène Lupin en la habitación contigua a la de la muchacha. Raymonde había rechazado todos los ramos, que estaban marchitos, abandonados... Uno, además de la tarjeta, tenía una carta que Raymonde no había visto. Por la tarde, cuando el juez de instrucción la desprecintó, encontraron diez páginas de ruegos, súplicas, promesas, amenazas y desesperación, toda la locura de un amor que solo ha conocido el desprecio y la aversión. La carta terminaba así: «Raymonde, vendré la noche del martes. Hasta entonces, piense. Yo estoy dispuesto a todo».

Era la misma noche del día que Beautrelet había liberado a la señorita de Saint-Véran.

Aún se recuerda el tremendo estallido de sorpresa y entusiasmo que se desató en todo el mundo con la noticia de aquel desenlace imprevisto: ¡la señorita de Saint-Véran, libre! ¡La joven que Lupin deseaba, por la que había maquinado las tretas más maquiavélicas, arrancada de sus garras! Y también libre el padre de Beautrelet, al que Lupin había tomado como rehén, en su deseo exagerado de un armisticio que las exigencias de su pasión necesitaban. ¡Libres los dos prisioneros!

¡Y el secreto de la Aguja, que se consideraba indescifrable, al descubierto, publicado, lanzado a los cuatro vientos!

Francamente, el público se divirtió de lo lindo. Entonaba cantos satíricos sobre el aventurero vencido. «Los amores de Lupin.» «Los lamentès de Arsène.» «El ladrón enamorado.» «La endecha del carterista.» Estas frases se gritaban en los bulevares y se murmuraban en las imprentas.

Raymonde, acosada a preguntas y perseguida por los periodistas, respondió con la máxima reserva. ¡Pero la carta estaba ahí y los ramos de flores y toda la patética aventura! Lupin, humillado, en ridículo, cayó del pedestal. Y Beautrelet se convirtió en el ídolo. Él había comprendido todo, predicho todo y aclarado todo. La declaración de la señorita de Saint-Véran ante el juez de instrucción sobre su secuestro confirmó la hipótesis del chico. La realidad, punto por punto, parecía someterse a lo que Isidore había decretado previamente. Lupin había encontrado un maestro.

Beautrelet exigió que su padre se tomara unos meses de descanso al sol, antes de regresar a las montañas de Saboya, y lo llevó, con la señorita de Saint-Véran, a los alrededores de Niza, donde el conde de Gesvres y su hija Suzanne se había instalado para pasar el invierno. Dos días después, Valméras llevó a su madre junto a sus nuevos amigos y todos formaron una pequeña colonia, reunida en torno a la villa de los de Gesvres, que media docena de hombres, contratados por el conde, vigilaban día y noche.

A primeros de octubre, Beautrelet, alumno de retórica, volvió a París a reanudar sus estudios y preparar los exámenes. Y la vida empezó de nuevo, esta vez tranquila y sin incidentes. Por otra parte, ¿qué podía pasar? ¿No había acabado la guerra?

Lupin también debía de tener esa sensación muy clara, que solo le quedaba resignarse ante los hechos consumados, porque, un buen día, las otras dos víctimas, Ganimard y Herlock Sholmès, aparecieron. Por lo demás, los dos hombres regresaron a la vida de este mundo sin ninguna dignidad. Un trapero los recogió en el Quai des Orfèvres, frente a la prefectura de policía, dormidos y maniatados.

Tras pasar una semana aturdidos, consiguieron recuperar la dirección de sus ideas y contaron o, más bien, Ganimard contó, porque Sholmès se encerró en un mutismo brutal, que habían hecho un viaje de circunnavegación por África, en el barco Hirondelle, un viaje agradable e instructivo, donde podían sentirse libres todo el tiempo, salvo algunas horas que pasaban en un rincón de la bodega, mientras la tripulación bajaba a tierra en los puertos exóticos. Sobre su desembarco en el Quai des Orfèvres, no recordaban nada; seguramente llevaban varios días dormidos.

La liberación de Ganimard y Sholmès era la confesión de la derrota. Y Lupin, al dejar de luchar, la proclamaba sin condiciones.

Sin embargo, hubo un acontecimiento que la hizo aún más impactante: el compromiso de Louis Valméras con la señorita de Saint-Véran. Las circunstancias de su nueva vida crearon mucha cercanía entre ellos y se enamoraron. A Valméras le agradó el encanto melancólico de Raymonde y ella, herida por la vida y deseosa de protección, sintió la fuerza y la energía de la persona que había contribuido con tanto coraje a su salvación.

Esperaban el día de la boda con cierta ansiedad. ¿Intentaría Lupin reanudar la ofensiva? ¿Aceptaría con elegancia la pérdida irremediable de la mujer que amaba? En dos o tres ocasiones vieron merodeando por los alrededores de la villa a unos individuos de aspecto sospechoso; incluso, una noche, Valméras tuvo que defenderse de un supuesto borracho que le disparó con una pistola y la bala le atravesó el sombrero. Pero, después de todo, la ceremonia se celebró el día y la hora previstos, y Raymonde de Saint-Véran se convirtió en la señora de Valméras.

Era como si el destino se hubiera puesto del lado de Beautrelet y hubiese refrendado la noticia de la victoria. La gente lo vio tan claro que, en ese momento, sus admiradores pensaron organizar un gran banquete para celebrar su triunfo y la aniquilación de Lupin, una idea estupenda que despertó entusiasmo. En quince días se inscribieron trescientas personas. Se enviaron invitaciones a los institutos de París, a razón de dos alumnos por clase de retórica. La prensa entonó himnos. Y el banquete fue lo que debía ser, una apoteosis.

Pero una apoteosis agradable y sencilla, porque Beautrelet era el protagonista. Su presencia bastó para poner las cosas en su sitio. Estuvo modesto como de costumbre, algo sorprendido por el exceso de ovaciones y ligeramente incómodo con los elogios hiperbólicos que afirmaban su superioridad frente a los policías más prestigiosos, pero también se emocionó mucho. Lo dijo, turbado como un niño que se sonroja cuando lo miran, en pocas palabras que gustaron a todos. Habló de su satisfacción y de lo orgulloso que se sentía. Y, francamente, por muy razonable que fuera y mucho dominio de sí mismo que tuviera, vivió momentos de una emoción inolvidable. Sonreía a sus amigos, a los compañeros del Janson, a Valméras, que había ido exclusivamente para aplaudirlo, al señor de Gesvres y a su padre.

Ahora bien, cuando estaba terminando de hablar, aún con el vaso en la mano, se oyó un alboroto en un extremo del comedor y vieron que una persona gesticulaba agitando un periódico. Volvió a reinar el silencio y el inoportuno se sentó, pero un murmullo de curiosidad se extendió por todas las mesas, el periódico pasaba de mano en mano y cada vez que uno de los invitados echaba una ojeada a la página, se oían exclamaciones.

—¡Que lo lea! ¡Que lo lea! —gritaban desde el otro lado.

Los que estaban sentados a la mesa presidencial se levantaron. El padre de Beautrelet fue a por el periódico y se lo dio a su hijo.

—¡Que lo lea! ¡Que lo lea! —gritaron más fuerte.

—¡Bueno, escuchad! Beautrelet va a leer el periódico... ¡Escuchad! —dijeron otros.

Beautrelet, de pie frente al público, buscaba con la mirada, en el periódico de la tarde que le había dado su padre, el artículo que provocaba tanto jaleo. De pronto, cuando vio un titular subrayado en azul, levantó la mano para pedir silencio y leyó, con voz cada vez más alterada por la emoción, unas declaraciones sorprendentes que tiraban por tierra todos sus esfuerzos, trastocaban radicalmente sus ideas sobre la Aguja hueca y señalaban su vanidad en la lucha contra Lupin:

CARTA ABIERTA DEL SEÑOR MASSIBAN, DE LA ACADEMIA
DE LAS INSCRIPCIONES Y LETRAS ANTIGUAS

Señor director:

El 17 de marzo de 1679, y digo bien, 1679, durante el reinado de Luis XIV, en París se publicó un librito con este título:

El tratado de la Aguja hueca.

Toda la verdad revelada por primera vez. Cien ejemplares imprimidos por mí y para la instrucción de la Corte.

A las nueve de la mañana de ese día, 17 de marzo, el autor, un hombre muy joven, bien vestido, cuyo nombre se desconoce, empezó a repartir ese libro entre los principales personajes de la corte. A las diez, después de la cuarta entrega, un capitán de la guardia lo detuvo y lo llevó al despacho del rey, de donde volvió a salir inmediatamente para ir a recuperar los cuatro ejemplares distribuidos. Cuando los cien ejemplares estuvieron reunidos, contados, ojeados atentamente y verificados, el propio rey los echó todos al fuego, excepto uno que se guardó. Luego, ordenó al capitán de la guardia que llevara al autor del libro ante el señor de Saint-Mars, quien encerró al prisionero primero en Pignerol y luego en la fortaleza de la isla de Santa Margarita. Esa persona, obviamente, no era ni más ni menos que el famoso hombre de la máscara de hierro.

Nunca se habría sabido la verdad o, al menos, una parte de la verdad, si el capitán de la guardia que había estado presente en la audiencia, aprovechando un momento en el que el rey le dio la espalda, no hubiera tenido la tentación de sacar de la chimenea otro ejemplar antes de que lo alcanzara el fuego. Seis meses más tarde, encontraron muerto al capitán en la ruta principal de Gaillon a Mantes. Sus asesinos le habían quitado toda la ropa, pero se dejaron, en el bolsillo derecho, una joya que se encontró después, un diamante de hermosísima talla, de un valor considerable.

Entre sus documentos encontraron una nota manuscrita. En ella no hablaba del libro que sacó de las llamas, pero hacía un resumen de los primeros capítulos. Se trataba de un secreto que guardaban los reyes de Inglaterra, pero perdieron cuando la corona del pobre rey loco Enrique VI pasó al duque de York; luego, Juana de Arco lo reveló a Carlos VII, rey de Francia, y se convirtió en secreto de Estado. Desde entonces se transmitió de soberano a soberano mediante una carta sellada, que aparecía en la cama del difunto con esta mención: «Para el rey de Francia». El secreto hacía referencia a un tesoro formidable, propiedad de los reyes, que crecía de siglo en siglo, y determinaba su localización.

Pero, ciento catorce años más tarde, Luis XVI, prisionero en el Temple, hizo un aparte con uno de los oficiales que custodiaba a la familia real.

—Señor, ¿un antepasado suyo sirvió como capitán de la guardia durante el reinado de mi bisabuelo Luis el Grande? —le preguntó.

—Sí, majestad.

—Entonces, ¿sería usted un hombre..., sería un hombre...?

El rey titubeó. El oficial acabó la frase.

—¿Que no os traicionaría? ¡Dios mío, majestad!

—Pues escúcheme... —El rey sacó del bolsillo un librito y arrancó una de las últimas páginas. Pero cambió de opinión—. No, será mejor que lo copie... —Rompió una hoja grande de papel y se quedó con un trocito rectangular donde copió cinco líneas de puntos, líneas y números. Luego quemó la página del librito, dobló en cuatro el trozo de hoja manuscrita, lo selló con cera roja y se lo dio—. Señor, tras mi muerte, entregue esto a la reina y dígale: «Señora, de parte del rey... para su majestad y su hijo...» Si no entiende...

—¿Si no entiende?

—Añada: «Es el secreto de la Aguja». La reina lo comprenderá.

Después de hablar, tiró el libro a las brasas que enrojecían en el hogar.

El 21 de enero, el rey subió al patíbulo.

El oficial tardó dos meses en cumplir la misión, debido al traslado de la reina a la Conciergerie. Finalmente, a fuerza de muchas intrigas furtivas, un día consiguió estar en presencia de María Antonieta y le dijo de manera que solo la reina pudiera oír: «Señora, de parte del difunto rey, para usted y para su hijo».

Y le entregó el sobre sellado.

Su majestad se aseguró de que los guardias no pudieran verla, rompió el sello y se mostró sorprendida al ver las líneas indescifrables; luego, inmediatamente, pareció comprender. Sonrió amargamente y el oficial captó estas palabras: «¿Por qué tan tarde?».

La reina titubeó. ¿Dónde podría esconder ese peligroso documento? Al final, abrió su libro de horas y metió el papel en un bolsillo oculto entre el cuero de la encuadernación y el pergamino de la contraguarda.

«¿Por qué tan tarde...?», había dicho.

Y efectivamente, es probable que, si ese documento hubiera podido salvarla, llegara demasiado tarde, porque la reina María Antonieta también subió al patíbulo el siguiente mes de octubre.

Ahora bien, aquel oficial, ojeando documentos familiares, encontró la nota manuscrita de su bisabuelo, el capitán de la guardia de Luis XIV. Desde ese momento, solo tuvo una idea fija: dedicar todo su tiempo libre a esclarecer aquel extraño problema. Leyó a todos los autores latinos, buscó en *Las Grandes Crónicas de Francia* y de los países vecinos, se introdujo en los monasterios, descifró libros de cuentas, cartularios y tratados, y así pudo encontrar algunas citas esparcidas a través de los años.

En el Libro III de *Los comentarios de César sobre la guerra de las Galias* se cuenta que, después de la derrota de Virídovix a manos de Quinto Titurio Sabino, el jefe de los cáletos fue llevado ante César y que, como pago por su libertad, reveló el secreto de la Aguja...

En el tratado de Saint-Clair-sur-Epte, firmado por Carlos el Simple y el caudillo vikingo Rollón, aparece el nombre de Rollón seguido de todos sus títulos y entre ellos leemos: «Dueño del secreto de la Aguja».

La *Crónica anglosajona* (página 134 de la edición de Gibson), hablando de Guillermo el de la gran fortaleza (Guillermo el Conquistador), relata que el asta de su estandarte terminaba en una punta afilada con una hendidura agujereada, como una aguja...

Juana de Arco confiesa, en una frase bastante ambigua de su interrogatorio, que aún tiene un secreto que revelar al rey de Francia, a lo que los jueces responden: «Sí, lo sabemos, Juana, y por eso morirá».

Enrique IV, el Buen Rey, en alguna ocasión jura «por la virtud de la Aguja».

En otra época, en 1520, cuando Francisco I arengaba a los notables de El Havre, pronunció esta frase que nos transmite el diario de un burgués de Honfleur: «Los reyes de Francia guardan secretos que rigen la conducta de las cosas y la suerte de las ciudades».

Todas estas citas, señor director, todos los relatos que hacen referencia a la Máscara de hierro, al capitán de la guardia y a su bisnieto, los he encontrado en un impreso que, precisamente, escribió y publicó el bisnieto en junio de 1815, la víspera o al día siguiente de la batalla de Waterloo, es decir, en una época agitada en la que esas revelaciones debían de pasar desapercibidas.

¿Qué valor tiene ese impreso? Ninguno, me dirá usted, y no debemos otorgarle ninguna credibilidad. Esta fue mi primera impresión, pero cuál no sería mi sorpresa cuando, al abrir *Los comentarios* de César en el capítulo señalado, ¡descubrí la frase que recoge el impreso! Y lo comprobé igualmente en el tratado de Saint-Clair-sur-Epte, en la *Crónica anglosajona* y en el interrogatorio de Juana de Arco, bueno, en todo lo que he podido verificar hasta ahora.

Por último, hay un hecho aún más concreto que relata el autor del impreso de 1815. Siendo oficial de Napoleón durante la campaña de Francia, una noche su caballo reventó y, entonces, llamó a la puerta

de un castillo donde lo recibió un antiguo caballero de San Luis. Hablando con el anciano se enteró poco a poco de que el castillo, situado a orillas del río Hueco, se llamaba el castillo de la Aguja, que Luis XIV lo construyó y le puso ese nombre y que por orden expresa de su majestad se añadieron los pináculos y una flecha que simbolizaba la aguja. La fecha que tenía grabada, que aún debe tener, es 1680.

¡1680! Un años después de la publicación del libro y del encarcelamiento de la Máscara de hierro. Eso lo explicaba todo: Luis XIV, previendo que el secreto pudiera divulgarse, construyó y bautizo el castillo con ese nombre para ofrecer a los curiosos una explicación lógica del antiguo misterio. ¿La Aguja hueca? Un castillo con pináculos puntiagudos a orillas del río Hueco, propiedad del rey. ¡Así todo el mundo creería conocer la clave del enigma y se ponía fin a las investigaciones!

El plan fue perfecto porque, más de dos siglos después, el señor Beautrelet cayó en la trampa. Y ahí es, señor director, adonde quería llegar cuando escribí esta carta. Lupin, con el nombre de Anfredi, alquiló el castillo de la Aguja, a orillas del río Hueco al señor Valméras y allí retuvo a los dos prisioneros. Así admitía el éxito de las inevitables investigaciones del señor Beautrelet y, para conseguir la paz que había pedido, tendía lo que podemos llamar la trampa histórica de Luis XIV, precisamente al señor Beautrelet.

Entonces, llegamos a estas conclusiones irrefutables: Lupin, solo con su inteligencia y sin más datos que los demás, consiguió, por el sortilegio de un ingenio francamente extraordinario, descifrar el indescifrable documento; y Lupin, último heredero de los reyes de Francia, conoce el misterio real de la Aguja hueca.

Así terminaba el artículo. Pero desde unos minutos antes, desde el párrafo del castillo de la Aguja, ya no lo leía Beautrelet. Al comprender su derrota, aplastado por el peso de la humillación, había soltado el periódico y se había derrumbado en la silla, con la cara escondida entre las manos.

La multitud en vilo, agitada por la emoción de la increíble historia, se había acercado poco a poco y se apretujaba alrededor de Beautrelet. Esperaba la respuesta y las objeciones con una ansiedad efervescente.

Beautrelet no se movió.

Valméras, con un gesto cariñoso, le separó las manos y le levantó la cara.

Isidore Beautrelet estaba llorando.

VII

EL TRATADO DE LA AGUJA

Son las cuatro de la mañana. Isidore no ha vuelto al instituto. No volverá antes de que acabe la guerra sin cuartel que ha declarado a Lupin. Se lo juró en voz muy baja, mientras sus amigos lo llevaban en coche de caballos, completamente extenuado y herido. ¡Un juramento insensato! ¡Una guerra absurda e ilógica! ¿Qué podía hacer él, un chico solo y sin armas, contra esa persona de energía y poder extraordinarios? ¿Por dónde atacarlo? Es inexpugnable. ¿Dónde herirlo? Es invulnerable. ¿Dónde esperarlo? Es inaccesible.

Las cuatro de la mañana... Isidore ha aceptado de nuevo la hospitalidad de su compañero del Janson. De pie, delante de la chimenea de su habitación, con los codos apoyados en el mármol y la barbilla en los puños, mira la imagen que le devuelve el espejo.

Ha dejado de llorar; no quiere llorar más ni retorcerse en la cama ni desesperarse como lleva dos horas haciendo. Quiere pensar, pensar y entender.

Su mirada no aparta la mirada del espejo, como si, al contemplar su imagen pensativa, quisiera duplicar la fuerza de su pensamiento y encontrar en el fondo de ese ser la solución irresoluble que no encuentra en sí mismo. Así sigue hasta las seis de la mañana. Y, poco a poco, el problema se presenta en su mente despejado de todos los detalles que lo complican y embarullan, completamente árido y desnudo, con el rigor de una ecuación.

Sí, se equivocó. Sí, su interpretación del documento es errónea. La palabra «aguja» no alude al castillo de orillas del río Hueco. Y tampoco la palabra «señoritas» puede aplicarse a Raymonde de Saint-Véran y a su prima, porque el texto del documento se remonta a siglos anteriores.

Así que hay que replanteárselo todo. ¿Cómo?

Solo una base documental sería sólida: el libro publicado en la época de Luis XIV. Ahora bien, de los cien ejemplares que imprimió quien deberíamos considerar la Máscara de hierro, únicamente dos escaparon de las llamas. Uno lo robó el capitán de la guardia y se perdió. El otro lo conservó Luis XIV, lo entregó a Luis XV y Luis XVI lo quemó. Pero queda la copia de la página fundamental, la que contiene la solución del problema o, al menos, la solución criptográfica, la que recibió María Antonieta y ella guardó en la cubierta del libro de horas.

¿Qué habrá sido de ese papel? ¿Será el que Beautrelet tuvo en las manos y Lupin mandó recuperar al secretario judicial Brédoux? ¿O sigue en el libro de horas de María Antonieta?

Y la pregunta pasa a ser esta: ¿qué ha sido del libro de horas de la reina?

Después de descansar un rato, Beautrelet se lo preguntó al padre de su amigo, un coleccionista emérito, al que a menudo se convoca como perito extraoficial y a quien aún, recientemente, el director de uno de nuestros museos consultó para elaborar el catálogo.

—¿El libro de horas de María Antonieta? —exclamó—. La reina lo legó a su doncella y en secreto le encargó que lo entregara al conde de Fersen. La familia del conde lo conservó con devoción y, desde hace cinco años, está en una vitrina.

—¿En una vitrina?

—Sí, en el museo Carnavalet, así de fácil.

—¿Y a qué hora abre el museo?

—Dentro de veinte minutos.

En el mismo momento en que se abría la puerta del antiguo palacete de la señora de Sévigné, Beautrelet saltaba de un coche de caballos con su amigo.

—¡Vaya, el señor Beautrelet!

Diez voces lo saludaron al llegar. Para su gran sorpresa, reconoció a todo el grupo de periodistas que seguía «El caso de la Aguja hueca».

—¡Qué extraño! Todos hemos pensado lo mismo. Cuidado, quizá Arsène Lupin está entre nosotros —comentó uno de ellos.

Entraron juntos. El director, al que avisaron inmediatamente, se puso a su entera disposición, los llevó a la vitrina y les enseñó un libro austero, sin el más mínimo adorno, que no tenía nada de regio. Aun así, les invadió una cierta emoción frente al libro que la reina había tocado durante aquellos días tan trágicos, que sus ojos enrojecidos de llanto habían mirado... No se atrevían a tocarlo ni a hojearlo, como si eso fuera un sacrilegio...

—Veamos, señor Beautrelet, esta tarea le corresponde a usted.

Beautrelet le quitó el libro al director con un movimiento ansioso. La descripción se correspondía exactamente con la del autor del impreso. Primero la contraguarda de pergamino, un pergamino sucio, ennegrecido, desgastado en algunas zonas y, debajo, la auténtica encuadernación de cuero rígido.

Al chico le recorrió un tremendo escalofrío cuando fue a buscar el bolsillo secreto. ¿Sería una fábula o aún estaría ahí el documento que escribió Luis XVI y la reina legó a su devoto amigo?

En la parte de arriba de la contraguarda de la cubierta no había ningún escondrijo.

—Nada —murmuró.

—Nada —repitieron los demás como un eco, expectantes.

Pero en la contracubierta, después de forzar un poco un hueco del libro, Beautrelet vio inmediatamente que el pergamino se despegaba de la encuadernación. Deslizó los dedos... Había algo, sí, notó algo... Un papel...

—¡Madre mía! —dijo con tono victorioso—. Aquí está... ¡Es verdad!

—¡Rápido! ¡Rápido! —le gritaron los otros—. ¿A qué espera? —Beautrelet sacó una hoja doblada en dos—. ¡Pero bueno, léalo! Hay unas palabras en tinta roja... Miren... Parece sangre... Sangre muy pálida... ¡Pero léalo!

Beautrelet leyó:

A usted se lo cedo, Fersen. Para mi hijo, 16 de octubre de 1793...

María Antonieta

Y de pronto, Beautrelet soltó un grito de consternación. Debajo de la firma de la reina, había... Había dos palabras subrayadas con una rúbrica, escritas en tinta negra... Dos palabras: «Arsène Lupin».

La hoja fue pasando por todos y cada uno de los presentes y a todos inmediatamente se les escapaba el mismo grito:

—María Antonieta... Arsène Lupin.

Reinó el silencio. Las dos firmas, los dos nombres emparejados aparecían dentro del libro de horas, una reliquia donde dormía desde hacía más de un siglo la llamada desesperada de la pobre reina, y esa fecha horrible, el 16 de octubre de 1793, el día en que cayó la cabeza real. Todo aquello era de un trágico lúgubre y desconcertante.

—Arsène Lupin —balbuceó una voz, subrayando así lo aterrador que era ver ese nombre diabólico al pie de la hoja sagrada.

—Sí, Arsène Lupin —repitió Beautrelet—. El amigo de la reina no supo entender la llamada desesperada de quien estaba a punto de morir. Fersen vivió con el recuerdo que le había enviado la persona que amaba y no adivinó la razón de ese recuerdo. Lupin lo descubrió y... lo robó.

—¿Qué robo?

—¡Por Dios! El documento que Luis XVI escribió, que es el que tuve en mis manos. El mismo aspecto, la misma forma, los mismos sellos rojos. Ahora entiendo por qué Lupin no quiso que me quedara con un documento del que podía sacar ventaja solo examinando el papel, los sellos, etcétera.

—¿Y qué...?

—Pues, dado que el documento cuyo texto conozco es auténtico, dado que he visto el rastro de los sellos rojos, dado que la propia María Antonieta certifica, con esta nota manuscrita, que el relato del impreso que reproduce el señor Massiban es auténtico y dado que existe realmente la cuestión histórica de la Aguja hueca, estoy seguro de triunfar.

—¿Cómo? Sea o no auténtico el documento, si no consigue descifrarlo, es inútil, porque Luis XVI destruyó el libro con la explicación.

—Sí, pero el otro ejemplar, el que el capitán de la guardia del rey Luis XIV sacó de las llamas, no se destruyó.

—¿Y usted cómo lo sabe?

—Demuestre lo contrario. —Beautrelet se quedó en silencio; luego, muy despacio, con los ojos cerrados, como si intentara aclarar y resumir sus ideas, añadió—: El capitán de la guardia, con el secreto en su poder, empieza a revelar fragmentos en el diario que encuentra su bisnieto. Luego, no vuelve a mencionarlo. No da la clave del enigma. ¿Por qué? Porque la tentación de utilizar el secreto se infiltra poco a poco dentro de él y sucumbe a ella. ¿La prueba? Su asesinato. ¿Otra prueba? La magnífica joya que encontraron y que, sin lugar a dudas, había sacado del tesoro real, cuyo escondite, que nadie conoce, es precisamente el misterio de la Aguja hueca. Lupin me lo dio a entender: Lupin no mentía.

—¿Y cuál es su conclusión, Beautrelet?

—Pues que hay que publicitar toda esta historia lo máximo posible y que tiene que saberse, por la prensa, que buscamos un libro titulado *El tratado de la Aguja*. Quizá aparezca en algún rincón de una biblioteca de provincias.

Inmediatamente redactaron una nota e, inmediatamente, sin siquiera esperar a que la nota pudiera dar algún resultado, Beautrelet se puso manos a la obra.

Tenía el principio de una pista: el asesinato se había cometido en los alrededores de Gaillon. Ese mismo día, el muchacho viajó allí. Desde luego, no esperaba reconstruir un crimen perpetrado doscientos años antes. Pero, aun así, hay fechorías que dejan huella en el recuerdo, en las tradiciones de una tierra.

Las crónicas locales las recogen. Un día, un erudito provinciano, un aficionado a las leyendas antiguas o una persona a la que le gusta recordar incidentes pequeños de la vida pasada, la convierte en tema de un artículo de periódico o de una ponencia en la Academia de la capital del departamento.

Beautrelet se reunió con tres o cuatro eruditos. Con uno de ellos, sobre todo, un notario ya anciano, fisgoneó y consultó los registros de la prisión, de antiguas bailías y de parroquias. No había ninguna reseña que aludiera al asesinato de un capitán de la guardia en el siglo XVII.

No se desanimó y siguió con la investigación en París, donde, quizá, se hubiera instruido el caso. Sus esfuerzos no dieron resultado.

Pero la idea de otra pista lo lanzó en una nueva dirección. ¿Era imposible saber el nombre de un capitán de la guardia cuyo nieto emigró y cuyo bisnieto sirvió en el ejército de la República, estuvo destinado en el Temple durante el cautiverio de la familia real, sirvió a Napoleón y participó en la campaña de Francia?

A fuerza de paciencia, acabó elaborando una lista en la que dos nombres al menos presentaban una coincidencia casi completa: el señor de Larbeyrie, durante el reinado de Luis XIV, y el ciudadano Larbrie, en la época del Régimen del Terror.

Ya era un punto de partida importante. Lo detalló en un artículo breve que envió a los periódicos, preguntando si alguien podía proporcionarle información sobre Larbeyrie o sus descendientes.

Le respondió el señor Massiban, el mismo Massiban del impreso, el miembro de la Academia.

> Muy señor mío:
>
> Le indico un fragmento de Voltaire que descubrí en su manuscrito *El siglo de Luis XIV* (capítulo XXV: «Particularidades y anécdotas del reinado de Luis XIV».). Este fragmento se suprimió en todas las ediciones.
>
> «Oí contar al difunto señor de Caumartin, intendente de finanzas y amigo del ministro Chamillard, que, un día, el rey salió precipitadamente en su carroza al recibir la noticia de que habían asesinado al señor de Larbeyrie y le habían robado unas joyas magníficas. Parecía muy conmocionado y repetía: "Estamos perdidos... Estamos perdidos...". Al año siguiente desterraron al hijo de ese tal Larbeyrie a sus tierras de Provenza, y a la hija, casada con el marqués de Vélines, a las de Bretaña. No cabe duda de que hay algo peculiar en eso».
>
> Y yo añadiría que aún caben menos dudas sobre lo peculiar del asunto si tenemos en cuenta que, según Voltaire, el señor Chamillard fue el último ministro que conoció el extraño secreto de la Máscara de hierro.

Observe, señor, cuánto provecho puede sacar de este fragmento y de la relación evidente que establece entre las dos aventuras. Yo no me atrevo a plantear hipótesis demasiado precisas sobre el comportamiento, las sospechas y los temores de Luis XIV en aquellas circunstancias, pero, por otra parte, dado que el señor de Larbeyrie dejó un hijo, probablemente el abuelo del ciudadano y oficial Larbrie, y una hija, ¿podemos suponer que parte de la documentación de Larbeyrie le haya correspondido a la hija y que entre esos documentos estuviera el famoso ejemplar que el capitán de la guardia salvó de las llamas?

Consulté *El anuario de los castillos.* Hay un barón de Vélines en los alrededores de Rennes. ¿Será descendiente del marqués? Ayer, por casualidad, escribí al barón, para preguntarle si tenía un librito antiguo, con un título que mencionara la palabra aguja. Espero su respuesta.

Me satisfaría enormemente hablar con usted de todo esto. Si no tiene demasiado inconveniente, venga a verme. Atentamente...

P. S. Por supuesto, no he informado a la prensa de estos pequeños descubrimientos. Ahora que se acerca a la meta, la discreción es indispensable.

Exactamente lo mismo opinaba Beautrelet. Incluso fue más lejos: esa mañana, dio una información de lo más inverosímil respecto a su estado de ánimo y sus planes a dos periodistas que no lo dejaban en paz.

Por la tarde fue deprisa y corriendo a casa de Massiban, que vivía en el Quai Voltaire, número 17. Para su gran sorpresa, supo que Massiban acababa de marcharse improvisadamente y que le había dejado una nota por si se presentaba. Isidore abrió el sobre y leyó:

He recibido una noticia que me da algo de esperanza. Así que me voy, dormiré en Rennes. Usted podría viajar en el tren de la noche y, sin detenerse en Rennes, continuar hasta el apeadero de Vélines. Nos encontraríamos en el castillo, que está a cuatro kilómetros del apeadero.

A Beautrelet le gustó el plan y, sobre todo, la idea de llegar al castillo al mismo tiempo que Massiban, porque temía que ese novato cometiera algún error. Volvió a casa de su amigo y pasó el resto del día con él. Por la noche, subió al expreso de Bretaña. A las seis de la mañana se apeaba en

Vélines. Recorrió caminando entre bosques tupidos los cuatro kilómetros. A lo lejos, vio en lo alto una casona alargada, con bastante mezcla de estilos Renacentista y Luis Felipe, pero, aun así, sus cuatro torrecillas y el puente levadizo cubierto de hiedra le daban un aire importante.

Al acercarse, Isidore sentía el corazón desbocado. ¿Realmente estaría llegando al final del recorrido? ¿El castillo guardaría la clave del misterio?

Estaba intranquilo. Todo aquello le parecía demasiado bonito, pensaba que quizá también obedecía a un plan infernal de Lupin, y que, por ejemplo, Massiban podía ser un instrumento en manos de su enemigo.

Estalló en carcajadas.

«Vamos, eres ridículo. Como si Lupin fuera realmente alguien infalible que tiene todo previsto, una especie de Dios todopoderoso contra el que no puedes hacer nada. ¡Qué demonios! Lupin se equivoca, Lupin también está a merced de las circunstancias, Lupin comete errores y, precisamente, gracias al error que cometió cuando perdió el documento, empiezo a sacarle ventaja. Todo parte de ahí. En definitiva, sus esfuerzos solo sirven para reparar el error que cometió». Y llamó a la puerta con alegría, lleno de confianza.

—¿Qué desea el señor? —preguntó el criado al abrir.

—¿Podría recibirme el barón de Vélines?

Y le entregó su tarjeta.

—El señor barón aún no se ha levantado, pero si quiere usted esperar.

—¿Ha llegado ya otro señor con barba blanca, un poco encorvado, preguntando por él? —dijo Beautrelet, que conocía a Massiban por las fotografías que habían publicado los periódicos.

—Sí, llegó hace diez minutos. Lo he pasado a la sala de visitas. Si quiere usted seguirme. —El encuentro entre Massiban y Beautrelet fue muy cordial. Isidore agradeció al anciano la información de primer orden que le había proporcionado y Massiban le expresó su admiración cariñosamente. Luego intercambiaron impresiones sobre el documento y las posibilidades que tenían de encontrar el libro, y Massiban le contó lo que sabía del señor de Vélines. El barón era un hombre de unos sesenta años, viudo desde hacía mucho tiempo, que vivía muy retirado con su hija, Gabrielle de Villemon, a la que la pérdida de su marido y su hijo mayor, muertos en un accidente de automóvil, acababa de golpear cruelmente—. El señor barón les ruega que suban.

El criado los condujo a la primera planta, a una habitación muy amplia de paredes desnudas y sencillamente amueblada con secreteres, estanterías y mesas llenas de papeles y registros. El barón los recibió con mucha afabilidad y esa tremenda necesidad de hablar que tienen muy a menudo las personas demasiado solitarias. Les costó mucho exponer el motivo de su visita.

—Ah, sí, lo sé, señor Massiban, usted me escribió sobre ese asunto. Me habló de un libro que trata sobre una aguja y procede de mis antepasados, ¿verdad?

—Efectivamente.

—Le diré que estoy reñido con mis antepasados. En aquellos tiempos tenían ideas extrañas. Yo soy más de mi época. He roto con el pasado.

—De acuerdo —protestó Beautrelet, perdiendo la paciencia—, pero ¿recuerda haber visto ese libro?

—¡Claro que sí! Se lo dije en un telegrama —exclamó dirigiéndose a Massiban, que, irritado, daba vueltas por la habitación y miraba por las ventanas—. ¡Claro que sí...! O, al menos, a mi hija le parecía haber visto ese título entre los miles de libros que se amontonan en la biblioteca. Ahora bien, señores, a mí la lectura... Yo no leo ni los periódicos... Y mi hija algo, ¡tampoco mucho! ¡A ella, mientras el pequeño Georges, el hijo que le queda, esté bien...! Y yo, ¡si ingreso mis rentas y los contratos de arrendamiento están en regla...! Ven ustedes los registros... Vivo aquí metido... y confieso que no sé ni jota de la historia que me contó en su carta, señor Massiban...

Beautrelet, desesperado con tanta cháchara, lo interrumpió con brusquedad.

—Perdone, señor, pero entonces el libro en cuestión...

—Mi hija lo buscó. Lleva buscándolo desde ayer.

—¿Y entonces?

—Pues lo encontró hace una o dos horas. Cuando llegaron ustedes...

—¿Y dónde está?

—¿Dónde está? Lo dejó en esa mesa... Mire... Ahí...

Isidore dio un salto. En un extremo de la mesa, encima de un revoltijo de papeles, había un librito encuadernado con tafilete rojo. Le puso violentamente un puño encima, como si prohibiera que nadie en el mundo lo tocara, pero también como si no se atreviese a cogerlo.

—¿Qué piensa? —gritó Massiban, muy emocionado.

—Lo tengo... Este es... Ahora, sí...

—¿Es el mismo título? ¿Está seguro?

—¡Por Dios! Mire.

Le enseñó las letras de oro grabadas en el tafilete: *El tratado de la Aguja hueca.*

—¿Está convencido? ¿Tenemos por fin el secreto? Lea la primera página... ¿Qué pone en la primera página?

—«Toda la verdad revelada por primera vez. Cien ejemplares imprimidos por mí y para la instrucción de la Corte».

—Es este, es este —murmuró Massiban, con la voz alterada—, es el ejemplar que el capitán arrancó de las llamas. El mismo libro que Luis XIV condenó.

Lo hojearon. En la primera parte aparecían las explicaciones que el capitán de Larbeyrie escribió en su diario.

—Vamos a lo que nos interesa, más adelante —dijo Beautrelet, impaciente por llegar a la solución del enigma.

—¡Cómo que más adelante! De ninguna manera. ¡Sabemos que apresaron al hombre de la máscara de hierro porque conocía y quería divulgar el secreto de la casa real de Francia! Pero ¿cómo lo supo? ¿Por qué quería divulgarlo? Y, lo más importante, ¿quién es ese extraño personaje? ¿Un hermanastro de Luis XIV, como suponía Voltaire, o el ministro italiano Mattioli, como afirma la crítica moderna? ¡Diantre! ¡Son preguntas fundamentales!

—¡Pase páginas! ¡Pase páginas! —protestó Beautrelet, como si temiera que el libro se esfumara de sus manos antes de conocer el enigma.

—Pero —insistió Massiban, un apasionado de los detalles históricos— tenemos tiempo, eso después... Primero vamos a ver la explicación.

De pronto, Beautrelet se quedó callado. ¡El documento! En medio de una página, a la izquierda, sus ojos veían las cinco líneas misteriosas de puntos y números. Comprobó de un vistazo que el texto era idéntico al que tanto había estudiado. La misma distribución de los signos, los mismos intervalos que permitían aislar la palabra «señoritas» y determinar separados los dos términos de la Aguja hueca.

Le precedía una notita: «Al parecer, el rey Luis XIII redujo toda la información necesaria en un cuadrito que transcribo más abajo».

A continuación, estaba el cuadro. Luego venía la propia explicación del documento.

Beautrelet leyó con voz entrecortada:

—«Como se ve, este cuadro, aun después de haber cambiado los números por vocales, no arroja ninguna luz. Podría decirse que, para descifrar el enigma, primero hay que conocerlo. El cuadro es, todo lo más, un hilo para los que ya conocen los senderos del laberinto. Tomemos el hilo y caminemos, yo os guiaré. En primer lugar, la cuarta línea. La cuarta línea contiene medidas e indicaciones. Ajustándose a las indicaciones e identificando las medidas escritas, se llega ineludiblemente al objetivo, siempre que, por supuesto, uno sepa dónde está y a dónde va; en una palabra, siempre que esté iluminado con el significado real de la Aguja hueca. Y eso es lo que se puede saber con las tres primeras líneas. La primera la ideé así para vengarme del rey y, de hecho, le había prevenido...».

Beautrelet se detuvo desconcertado.

—¿Qué? ¿Qué ocurre? —preguntó Massiban.

—Esto ya no tiene sentido.

—Es verdad —apostilló Massiban—. «La primera la ideé así para vengarme del rey...». ¿Qué quiere decir?

—¡Por todos los santos! —chilló Beautrelet.

—¿Y ahora qué?

—¡Han arrancado dos páginas! ¡Las dos páginas siguientes...! ¡Miren las trazas!

Beautrelet temblaba, completamente agitado por la rabia y la decepción. Massiban se inclinó sobre el libro y dijo:

—Es verdad... Quedan los bordes de las dos páginas, como unas cartivanas. Las huellas parecen bastante recientes. No las cortaron, las arrancaron violentamente… Miren, todas las páginas del final están como arrugadas.

—Pero ¿quién? ¿Quién? —decía gimiendo Isidore, retorciéndose las manos—. ¿Algún criado? ¿Un cómplice?

—De todas maneras, puede que lo hicieran ya hace meses —comentó Massiban.

—Alguien ha tenido que encontrar el libro y leerlo… Vamos a ver, señor —gritó Beautrelet, dirigiéndose al barón—, ¿usted no sabe nada? ¿No sospecha de nadie?

—Podríamos preguntarle a mi hija.

—Sí… Sí… Eso es… Quizá ella sepa…

El señor de Vélines llamó al mayordomo. Pocos minutos después, la señora de Villemon entraba en la habitación. Era una mujer joven, con una expresión triste y resignada. Beautrelet le preguntó inmediatamente:

—¿Señora, encontró usted este libro arriba, en la biblioteca?

—Sí, dentro de un paquete de volúmenes que estaba sin desatar.

—¿Y lo ha leído?

—Sí, anoche.

—Cuando lo leyó, ¿faltaban dos páginas? Piénselo bien, las dos páginas siguientes a este cuadro de números y puntos.

—No, no —respondió muy sorprendida—. No faltaba ninguna página.

—Pues las han arrancado…

—Pero si el libro no salió de mi habitación anoche.

—¿Y por la mañana?

—Esta mañana lo bajé yo personalmente aquí, cuando anunciaron que había llegado el señor Massiban.

—¿Entonces?

—No lo entiendo… A menos que… Pero por supuesto que no…

—¿Qué?

—Que Georges, mi hijo, esta mañana… estuvo jugando con el libro.

Salió precipitadamente de la habitación con Beautrelet, Massiban y el barón detrás de ella. El niño ya no estaba en su dormitorio. Lo buscaron por todas partes. Al final, lo encontraron jugando en la trasera del castillo. Pero los tres estaban tan alterados y le pedían explicaciones con tal autoridad que el niño empezó a berrear. Todo el mundo corría de un lado a otro. Preguntaron a los criados. Se formó un alboroto indescriptible. Y Beautrelet tenía la espantosa sensación de que la verdad se le escapaba de las manos como el agua que cae entre los dedos. Hizo un esfuerzo para calmarse, sujetó del brazo a la señora de Villemon y la llevó al salón; el barón y Massiban lo siguieron.

—El libro está incompleto, de acuerdo, han arrancado dos páginas... Pero usted las ha leído, ¿verdad, señora?

—Sí.

—¿Sabe qué decían?

—Sí.

—¿Podría repetirlo?

—Perfectamente. Leí todo el libro con mucha curiosidad, pero esas dos páginas sobre todo me impresionaron, dado el interés de las revelaciones, un interés considerable.

—Pues bien, hable, señora, hable, se lo suplico. Esas revelaciones son extraordinariamente importantes. Hable, se lo ruego; cada minuto que perdemos es imposible de recuperar. La Aguja hueca...

—Bueno, es muy sencillo, la Aguja hueca quiere decir...

En ese instante entró un criado.

—Una carta para la señora...

—Vaya... Si el cartero ya ha pasado.

—Me la entregó un chico.

La señora de Villemon abrió el sobre, leyó la nota, y se llevó la mano al corazón a punto de desmayarse. De pronto estaba lívida y aterrada.

El papel había caído al suelo. Beautrelet lo recogió y, sin siquiera disculparse, lo leyó:

«Guarde silencio... de lo contrario, su hijo no despertará».

—Mi hijo... Mi hijo... —balbuceaba la mujer; se sentía tan débil que ni siquiera podía ir en auxilio de su hijo.

—No habla en serio... Es una broma... ¿Quién tendría interés...? —la tranquilizó Beautrelet.

—Tal vez, Arsène Lupin —insinuó Massiban.

Beautrelet le hizo un gesto para que se callara. Él lo sabía perfectamente, pues claro, el enemigo estaba ahí, otra vez, atento y dispuesto a todo; por eso precisamente quería obtener de la señora de Villemon las palabras supremas que esperaba desde hacía tanto tiempo, y obtenerlas de inmediato, en ese mismo instante.

—Se lo suplico, señora, repóngase... Nosotros estamos aquí... No hay ningún peligro...

¿Hablaría? Beautrelet creyó que sí, o eso esperaba. La mujer balbuceó algunas sílabas. Pero la puerta se abrió de nuevo... Esta vez, entró la criada. Parecía conmocionada.

—El señorito Georges... Señora... El señorito Georges.

De repente, la madre recuperó todas sus fuerzas. Más rápida que ninguno de los demás, con el impulso de un instinto que no la engañaba, bajó precipitadamente las escaleras, atravesó el vestíbulo y corrió a la terraza. Allí estaba el pequeño George inmóvil, tumbado en un sillón.

—¿Qué ocurre? ¡Está dormido!

—Pero se ha dormido de repente, señora —explicó la criada—. Quise impedírselo, llevarlo a su habitación. Pero ya estaba dormido y las manos... Tenía las manos frías.

—¡Frías! —balbuceó la madre—. Sí, es verdad... ¡Ay, Dios mío, Dios mío! ¡Ay, que despierte!

Beautrelet metió los dedos en un bolsillo, sujetó la culata del revólver, puso el índice en el gatillo, sacó rápidamente el arma y disparó a Massiban.

Massiban, anticipándose, como si estuviera espiando los gestos de Isidore, esquivó la bala. Pero Beautrelet ya se había lanzado sobre él, gritando a los criados:

—¡Ayuda! ¡Es Lupin...!

La violencia del impacto derribó a Massiban encima de uno de los sillones de mimbre.

A los siete u ocho segundos se levantó con el revólver de Beautrelet en la mano, después de haber dejado al chico aturdido y sofocado.

—Bien... Perfecto... No te muevas, estarás así dos o tres minutos, no más... Pero, francamente, has tardado en reconocerme. Me he caracterizado bien de Massiban, ¿verdad? —Se incorporó y ya de pie con aplomo, el cuerpo firme y una expresión temible, mirando a los tres criados petrificados y al barón estupefacto, dijo con sorna—: Isidore, has cometido una torpeza. Si no les hubieras dicho que era Lupin, se me habrían echado encima y, Dios mío, ¡qué habría sido de mí con unos grandullones como estos! ¡Cuatro contra uno! —Se acercó a los criados—. Vamos, chicos, no tengáis miedo, no os haré pupa, venga, ¿queréis un poco de azúcar de cebada? Os ayudará a remontar. ¡Ah!, tú, por ejemplo, vas a devolverme mi billete de cien francos. Sí, sí, te reconozco. Hace un rato te pagué para que le llevaras la carta a tu señora... Vamos, rápido, eres un mal criado. —Recogió el billete azul que le entregaba el criado y lo rompió en trocitos—. El dinero de la traición... Me quema los dedos. —Levantó el sombrero e hizo una gran reverencia a la señora de Villemon—. ¿Me perdona usted, señora? Las circunstancias de la vida, sobre todo de la mía, a menudo obligan a unas ruindades de las que yo soy el primero en avergonzarme. Pero no tema por su hijo, solo le he dado un pinchacito en el brazo, mientras lo interrogábamos. A lo sumo, dentro de una hora estará como antes... De nuevo, todas mis disculpas. Pero necesito su silencio. —Se despidió otra vez, agradeció al señor de Vélines su amable hospitalidad, agarró su bastón, encendió un puro, ofreció otro al barón, saludó haciendo un círculo con el sombrero y gritó con tono protector—: ¡Adiós, cachorro! —Y se fue tranquilamente, lanzando bocanadas del puro a la cara de los criados...

Beautrelet esperó unos minutos. La señora de Villemon, más tranquila, vigilaba a su hijo. Isidore se acercó a ella para rogarle por última vez. Se cruzaron las miradas. El chico no dijo nada. Había entendido que aquella mujer nunca, sin importar lo que ocurriera, hablaría. En su cerebro de madre seguía enterrado el secreto de la Aguja hueca tan profundamente como en las tinieblas del pasado.

Entonces, renunció y se marchó.

Eran las diez y media de la mañana. Había un tren a las once cincuenta. Caminó por la alameda del jardín despacio y siguió el camino de la estación.

—Bueno, ¿qué te ha parecido? —Era Massiban, o mejor dicho Lupin, que salía del bosque que bordeaba el camino—. Lo he organizado bien, ¿eh?

¿Verdad que tu viejo compañero sabe bailar en la cuerda floja? Estoy seguro de que aún no te lo puedes creer y que estás pensando si el tal Massiban, miembro de la Academia de las Inscripciones y Letras Antiguas, ha existido alguna vez. Por supuesto que sí, existe. Si te portas bien te lo presentaré. Pero primero, te devuelvo el revólver... Mira si está cargado. Perfecto, amigo. Quedan cinco balas, con una basta para enviarme *ad patres*. ¡Cómo! ¿Te lo metes al bolsillo? Menos mal. Esto me gusta más que lo que hiciste en el castillo. Muy feo ese gesto. Pero lo entiendo, eres joven y de pronto te das cuenta, ¡una iluminación!, de que el maldito Lupin ha vuelto a engañarte y lo tienes ahí delante, a tres pasos... Pufff, disparas... No te lo reprocho. La prueba es que te invito a subir a mi automóvil de cien caballos de potencia. ¿Te apetece? —Se metió los dedos en la boca y silbó. El contraste entre el aspecto venerable del anciano Massiban y los gestos y acento de chiquillo que fingía Lupin era fascinante; Beautrelet no pudo evitar reírse—. ¡Se ha reído! ¡Se ha reído! —gritó Lupin saltando de alegría—. ¿Te das cuenta, cachorro? Te ríes muy poco... Eres demasiado serio para tu edad... Muy simpático, sí, y de una ingenuidad y sencillez encantadoras, pero, francamente, no te ríes. —Lupin se plantó delante del chico—. Mira, apuesto a que ahora vas a llorar. ¿Sabes cómo seguí tu investigación? ¿Cómo me enteré de la carta que Massiban te escribió y de la cita que tenías esta mañana en el castillo de Vélines? Por los chismorreos de tu amigo, el que te aloja en su casa... Tú le haces confidencias a ese imbécil y él no puede esperar para ir a contarle todo a su novia... Y su novia no tiene secretos para Lupin. ¿Qué te decía yo? Así están las cosas... Se te empañan los ojos... La amistad traicionada, ¿eh? Eso te entristece... Vaya, eres encantador, amigo. Casi te daría un beso; siempre pones una mirada de sorpresa que me llega al alma. Nunca olvidaré, la otra tarde, en Gaillon, cuando fuiste a consultarme... Por supuesto, el viejo notario era yo... Pero ríete, chiquillo... De verdad, insisto, nunca sonríes. Vaya, a ti te falta, ¿cómo diría yo?, te falta «espontaneidad». Yo soy espontáneo. —Se oía el motor de un coche muy cerca. Lupin sujetó bruscamente del brazo a Beautrelet—. Ahora vas a estarte quietecito, ¿eh? Ya ves que no puedes hacer nada. Entonces, ¿para qué gastar fuerzas y perder el tiempo inútilmente? Hay bastantes bandidos en el mundo. Corre tras ellos y olvídate de mí... De lo contrario... Estamos de acuerdo, ¿verdad? —Lo dijo con tono frío y mirándole directamente a los ojos. Lo zarandeó para imponerle su voluntad—. ¡Qué imbécil soy! ¿Tú dejarme en paz? Tú no eres de los que desisten... Ay, no sé qué me retiene... En un periquete estarías atado de pies y manos y amordazado... Y en dos horas, a la sombra durante algunos meses... Y yo podría rascarme la barriga sin nada que temer, retirarme al tranquilo refugio que me prepararon mis antepasados, los reyes de Francia, y disfrutar de los tesoros que tuvieron la amabilidad de acumular para mí... Pues no, está escrito que meteré la pata hasta el final. ¿Qué quieres? Uno tiene sus debilidades... Y yo siento debilidad por ti.... Además, aún no lo has conseguido. Todavía correrá mucha agua bajo el puente hasta que metas el dedo en el hueco de la Aguja... ¡Qué diablos! Yo, Lupin, tardé diez días. Tú tardarás por lo menos diez años. De todos modos, entre tú y yo hay mucha distancia. —El automóvil se acercaba, un coche inmenso, con carrocería cerrada. Lupin abrió la portezuela y Beautrelet soltó un grito. En la limusina había un hombre y ese hombre era Lupin o, mejor dicho, Massiban. El chico estalló en carcajadas cuando, de pronto, lo comprendió todo—. No te contengas, está completamente dormido —añadió Lupin—. Te dije que te lo presentaría. ¿Ahora lo entiendes? Sobre las doce de la noche, supe que os encontraríais en el castillo. Y a las siete de la mañana, ya estaba yo aquí. Cuando Massiban pasó, solo tuve que atraparlo... Y luego, ¡un pinchacito y ya está! A dormir, buen hombre... Vamos a dejarte en el talud... A pleno sol, para que no tengas frío... Vamos..., bien..., perfecto.... De maravilla... Y con el sombrero en la mano... para que pidas una monedita por favor. ¡Ay, amigo Massiban, tú cuidas de Lupin! —Francamente, era una bufonada enorme ver juntos a los dos Massiban, uno dormido, cabeceando, el otro serio, muy amable y respetuoso—. Tened compasión de un pobre ciego... Toma, Massiban, dos monedas y mi tarjeta de visita... Y ahora, muchachos, larguémonos a toda velocidad. Chófer, escucha, a 120 por hora. Isidore, al coche... Hoy hay pleno en la Academia y, a las tres y media, Massiban tiene que leer una memoria sobre no sé qué. Pues leerá la memoria. Les voy a servir un Massiban completo, más auténtico que el auténtico, con mis propias ideas sobre las inscripciones lacustres. Para una vez que voy a la Academia.

Conductor, más rápido, solo vamos a 115... ¿Tienes miedo? Te olvidas de que estás con Lupin. ¡Ay, Isidore!, y pensar que algunos se atreven a decir que la vida es monótona, cuando la vida es algo adorable, amigo, pero hay que saber vivirla... Y yo sé... ¡Era para morirse de risa, hace un rato, en el castillo, tú parloteando con Vélines y yo, pegado a la ventana, arrancando las páginas del libro! ¡Y luego, cuando le preguntabas a la señora de Villemon por la Aguja hueca! ¿Hablaría la buena mujer? Sí hablaría..., o no, no lo haría... Sí o no... Se me ponía la carne de gallina. Si esa señora lo contaba todo, yo tenía que rehacer mi vida, todo mi andamiaje al traste... ¿Llegaría a tiempo el criado? Sí o no. Aquí está. Y ¿me descubrirá Beautrelet? ¡Eso nunca! ¡Es demasiado zoquete! Sí o no... Pues, resuelto... No, no o sí... El chico me mira de reojo... Se ha dado cuenta... Va a agarrar el revólver... ¡Ay, qué divertido! Pero Isidore, hablas mucho... Vamos a dormir, ¿tienes ganas? Yo me caigo de sueño... Buenas noches...

Beautrelet lo miraba. Lupin ya parecía casi dormido. Y se durmió.

El automóvil lanzado por el espacio se precipitaba hacia el horizonte, lo alcanzaba continuamente y siempre salía huyendo. Ya no había ni ciudades ni aldeas ni campo ni bosques, solo distancia, una distancia que el coche devoraba, engullía. Durante un buen rato, Beautrelet estuvo mirando a su compañero de viaje con una curiosidad extraordinaria y también con el deseo de traspasar esa máscara que ocultaba hasta su auténtico aspecto. Y pensaba en las circunstancias que los habían encerrado juntos en el reducido espacio de un automóvil.

Pero después de las emociones y decepciones de esa mañana, Beautrelet, también cansado, se durmió.

Cuando despertó, Lupin estaba leyendo. Beautrelet se inclinó para ver el título del libro. *Cartas a Lucilio* de Séneca, el filósofo.

VIII

DE CÉSAR A LUPIN

«¡Qué diablos! Yo, Lupin, tardé diez días. Tú tardarás por lo menos diez años».

La frase que pronunció Lupin cuando se marchaban del castillo de Vélines influyó considerablemente en el comportamiento de Beautrelet. Lupin, aunque muy tranquilo en el fondo y siempre dominándose, tenía, sin embargo, unos momentos de euforia, de desahogo, un poco románticos, teatrales y campechanos a la vez, en los que se le escapaban ciertas confesiones, unas palabras que un chico como Beautrelet podía aprovechar.

Beautrelet, equivocado o no, creía ver en la frase una de esas confesiones involuntarias. Tenía buenas razones para llegar a la conclusión de que, si Lupin comparaba los esfuerzos de ambos para llegar a la verdad de la Aguja hueca, era porque los dos tenían recursos idénticos para alcanzar el objetivo y que Lupin no dispuso de más elementos para triunfar que su adversario. Las posibilidades eran las mismas. Ahora bien, con las mismas posibilidades y los mismos elementos, Lupin había tardado diez días. ¿Cuáles eran los elementos, los recursos y las posibilidades? En definitiva, se reducían al impreso publicado en 1815, un impreso que probablemente Lupin había encontrado por casualidad, igual que Massiban, y con el que consiguió descubrir el documento indispensable en el libro de horas de María Antonieta. Entonces, el impreso y el documento: esas eran las dos bases de Lupin. Con esos dos pilares había reconstruido todo el edificio. Sin ayudas extrañas. Solo estudiando el impreso y el documento, nada más.

¡Pues bien! ¿Y si Beautrelet se acantonaba en el mismo terreno? ¿Para qué librar una lucha imposible? ¿Para qué seguir con investigaciones inútiles que, estaba seguro, solo le proporcionarían penosos resultados, suponiendo que esquivase las trampas que se multiplicaban a su paso?

La decisión fue clara e inmediata y, mientras la cumplía, tuvo la feliz intuición de ir por el buen camino. Para empezar, se marchó de casa de su compañero del Janson-de-Sailly sin recriminaciones inútiles; agarró su maleta y después de dar muchas vueltas y revueltas, se alojó en un hotelito del centro de París. Pasó días sin salir del hotel. A lo sumo, comía en el comedor del establecimiento. El resto del tiempo, encerrado con llave y con las cortinas de la habitación cerradas herméticamente, se dedicaba a pensar.

«Diez días», había dicho Arsène Lupin. Beautrelet se esforzó para olvidar todo lo anterior y, recordando solo los elementos del impreso y del documento, ambicionaba con todas sus fuerzas quedarse en el límite de los diez días. Sin embargo, pasó el décimo día y el undécimo y el duodécimo; pero el decimotercer día se le ocurrió algo y, rápidamente, con la rapidez desconcertante de esas ideas que se desarrollan en nuestro interior como plantas milagrosas, la verdad brotó, floreció y se fortificó. Es cierto que esa noche aún no tenía la solución del problema, pero conocía con absoluta certeza uno de los métodos que podía llevarlo a descubrirla, el método fructífero que, sin duda, había utilizado Lupin.

Un método muy simple, que resultó de esta sola pregunta: ¿hay alguna relación entre todos los acontecimientos históricos, más o menos importantes, que el impreso vincula con el misterio de la Aguja hueca?

La disparidad de los acontecimientos hacía difícil la respuesta. No obstante, del análisis exhaustivo que hizo Beautrelet extrajo un rasgo fundamental de todos los acontecimientos. Todos, sin excepción, ocurrían dentro de las fronteras de la antigua Neustria, que, aproximadamente, se corresponde con la actual Normandía. Todos los protagonistas de la fantástica aventura son normandos o se convierten en normandos o actúan en tierra normanda.

¡Qué apasionante cabalgada a través de los tiempos! ¡Qué emocionante espectáculo ver cómo todos aquellos barones, duques y reyes, partiendo de puntos muy opuestos, se daban cita en ese rincón del mundo!

Beautrelet hojeó la historia al azar. ¡Rollo o Rollón, primer duque «normando», se adueña del secreto de la Aguja después del tratado de Saint-Clair-sur-Epte!

¡Guillermo el Conquistador, duque de «Normandía», rey de Inglaterra, porta un estandarte perforado como una aguja!

¡Los ingleses quemaron a Juan de Arco, dueña del secreto, en «Ruan»!

Y remontándonos completamente al origen de la aventura, el jefe de los cáletos, el que pagó a César su libertad con el secreto de la Aguja, ¿no era también el jefe de los hombres del país de Caux? ¿Y no está el país de Caux en el mismo centro de «Normandía»?

La hipótesis se precisa. El campo se estrecha. Ruan, las riberas del Sena, el país de Caux... Realmente parece que todos los caminos convergen ahí. Y si citamos en particular a dos reyes de Francia, cuando ya los duques de Normandía y sus herederos los reyes de Inglaterra habían perdido el secreto y este se había convertido en secreto de estado, Enrique IV sitió Ruan y ganó la batalla de Arques, en las puertas de Dieppe. Y Francisco I fundó El Havre y pronunció la frase reveladora: «Los reyes de Francia guardan secretos que rigen la conducta de las cosas y la suerte de las ciudades». Ruan, Dieppe y El Havre... Los tres ángulos del triángulo, las tres ciudades importantes situadas en los tres vértices. Y, en el centro, el país de Caux.

Llegamos al siglo XVII. Luis XIV quema el libro donde el desconocido revela la verdad. El capitán de Larbeyrie se apropia de un ejemplar, se aprovecha del secreto que ha violado, roba algunas joyas, lo sorprenden los salteadores de caminos y muere asesinado. Ahora bien, ¿dónde se produce la emboscada? ¡En Gaillon! Gaillon, un pueblecito en la ruta de El Havre, de Ruan o de Dieppe a París.

Un año después, Luis XIV compra un terreno y construye el castillo de la Aguja. ¿Qué lugar elige? El centro de Francia. Así despista a los curiosos. Ya nadie busca en Normandía.

Ruan... Dieppe... El Havre... El triángulo del país de Caux... Ahí está el meollo de la cuestión... Por un lado, el mar. Por otro, el Sena. Y por otro, los dos valles que conducen de Ruan a Dieppe.

Una lucecita se encendió en la mente de Beautrelet. Ese terreno, esa comarca de altas planicies que va desde los acantilados del Sena a los acantilados de La Mancha era el campo de operaciones donde Lupin maniobraba siempre o casi siempre.

Lupin llevaba diez años poniendo en jaque a los habitantes de esa región precisamente, como si tuviera su guarida en el mismísimo centro de la tierra más vinculada a la leyenda de la Aguja hueca.

¿El caso del barón de Cahorn?[3] A orillas del Sena, entre Ruan y El Havre. ¿El caso de Tibermesnil?[4] En el otro extremo de la meseta, entre Ruan y Dieppe. ¿Los robos en Gruchet, Montigny y Crasville? En pleno país de Caux. ¿A dónde se dirigía Lupin cuando Pierre Onfrey, el asesino de la calle Lafontaine, lo asaltó y manió en el compartimento de un tren?[5] A Ruan. Cuando Lupin hizo prisionero a Herlock Sholmès, ¿dónde lo embarcó?[6] Cerca de El Havre.

¿Y en qué escenario se desarrolló el drama actual? En Ambrumésy, en el camino de El Havre a Dieppe.

Ruan, Dieppe, El Havre... siempre el triángulo del país de Caux.

Así que, unos años antes, Arsène Lupin, con el impreso en su poder y sabiendo el escondite donde María Antonieta había ocultado el documento, acabó por hacerse con el famoso libro de horas. Y ya con el documento, se puso manos a la obra, «encontró» lo que buscaba y se estableció en tierra conquistada.

Beautrelet se puso manos a la obra.

3   «Arsène Lupin en la cárcel», en *Arsène Lupin, caballero ladrón*, ed. Alma, Barcelona, 2022.

4   «Herlock Sholmès llega demasiado tarde», en *ibídem*.

5   «El misterioso viajero», en *ibídem*.

6   «La mujer rubia», en *Arsène Lupin contra Herlock Sholmès*, ed. Alma, Barcelona, 2022.

Partió realmente emocionado, imaginando que Lupin había hecho ese mismo viaje y que debía palpitar con esas mismas esperanzas cuando fue a descubrir el formidable secreto que lo armaría de un poder inigualable. ¿Darían los esfuerzos de Beautrelet el mismo resultado?

Salió de Ruan temprano, a pie, con la cara muy modificada y una bolsa en el extremo de un bastón, por la espalda, como un estudioso que recorre Francia.

Fue directo a Duclair y allí comió. Al salir del pueblo, siguió el Sena y ya no se separó del río, por decirlo de algún modo. Su instinto, reforzado en realidad por muchas conjeturas, siempre lo llevaba a las orillas sinuosas del hermoso río. Cuando robaron en el castillo de Cahorn, las colecciones desaparecieron por el Sena. Y cuando lo hicieron en la Capilla Divina, escoltaron las antiguas piedras talladas hasta el Sena. Beautrelet se imaginaba algo así como una flotilla de barcazas haciendo el servicio regular de Ruan a El Havre y absorbiendo las obras de arte y la riqueza de la comarca para enviarlas luego al país de los millonarios.

—Se acaba la partida... Se acaba la partida... —murmuraba el muchacho, jadeando por los impactos de la verdad que le golpeaba con grandes sacudidas sucesivas.

El fracaso de los primeros días no lo desanimó. Tenía una fe profunda e inquebrantable en la exactitud de la hipótesis que lo guiaba. Arriesgada, extrema, ¡qué más daba!, era digna de su enemigo. La hipótesis estaba al nivel de la prodigiosa realidad que llevaba el nombre de Lupin. Con ese individuo, ¿había que investigar lo que no fuera enorme, exagerado y sobrehumano? Jumièges, La Mailleraye, Saint-Wandrille, Caudebec, Tancarville, Quillebeuf, ¡localidades llenas de recuerdos del bandido! ¡Cuántas veces Lupin debió de contemplar la gloria de sus campanarios góticos o el esplendor de sus vastas ruinas!

Pero El Havre, los alrededores de El Havre atraían a Beautrelet como la luz de un faro.

«Los reyes de Francia guardan secretos que rigen a menudo la suerte de las ciudades».

¡Una frase incomprensible y, de pronto, estaba perfectamente clara para Beautrelet! ¿No era esa la declaración exacta de los motivos que

habían empujado a Francisco I a crear una ciudad allí mismo? ¿Estaría la suerte de El Havre de Grâce unida al secreto de la Aguja?

—Eso es... Eso es... —balbuceó Beautrelet emocionado—. El viejo estuario normando, uno de los puntos fundamentales, uno de los núcleos primitivos en torno a los que se formó la nacionalidad francesa, al viejo estuario lo completan estas dos fuerzas, una al aire libre, viva y conocida, el puerto nuevo que domina el océano y se abre al mundo; la otra, tenebrosa, desconocida y mucho más inquietante porque es invisible e impalpable. Un aspecto de la historia de Francia y de la casa real se explica a través de la Aguja, igual que toda la historia de Lupin. Los mismos recursos de energía y poder alimentan y renuevan la fortuna de los reyes y la del aventurero.

De pueblo en pueblo, del río al mar, Beautrelet iba fisgoneando sin rumbo fijo, con el oído atento e intentando arrancar a las cosas su significado más profundo. ¿Sería esa la colina que debía examinar? ¿O aquel bosque? ¿O las casas de esta aldea? ¿Sería en las palabras insignificantes de este campesino donde cosecharía la palabrita reveladora?

Una mañana, almorzaba en un mesón con vistas a Honfleur, la antigua ciudad del estuario. Frente a él, comía uno de esos chalanes normandos, rojos y gruesos, que van por las ferias de la región con el látigo en la mano y una bata larga. Al instante, le pareció que ese hombre lo miraba atentamente, como si lo conociese o al menos como si intentara reconocerlo.

«Bah —pensó—, son imaginaciones mías, nunca nos hemos visto».

Efectivamente, el hombre dejó de prestarle atención. Encendió la pipa, pidió café y coñac, fumó y bebió. Beautrelet terminó de comer, pagó y se levantó. Cuando estaba saliendo, entró un grupo de individuos y tuvo que quedarse de pie un instante junto a la mesa a la que estaba sentado el chalán.

—Buenos días, señor Beautrelet —oyó que murmuraba en voz baja.

Isidore no lo dudó. Se sentó junto al hombre.

—Sí, soy yo... Pero ¿quién es usted? ¿Cómo me ha reconocido? —le preguntó.

—No es muy difícil, y solo he visto su fotografía en los periódicos. Es que está tan mal... ¿Cómo se dice en francés...? Tan mal caracterizado.

Tenía un claro acento extranjero y, al mirarlo más fijamente, Beautrelet creyó que también el hombre llevaba un disfraz que transformaba su aspecto.

—¿Quién es usted? —repitió—. ¿Quién es?

El extranjero sonrió.

—¿No me reconoce?

—No, no lo he visto en mi vida.

—Yo tampoco. Pero haga memoria... También publican mi fotografía en los periódicos y a menudo. ¿Qué? ¿Ya lo tiene?

—No.

—Herlock Sholmès.

El encuentro era peculiar. Y también significativo. Inmediatamente el muchacho comprendió la importancia que tenía. Después de un intercambio de cumplidos, le dijo a Sholmès:

—Supongo que si está aquí... es por él.

—Sí...

—Entonces... Entonces... ¿Usted cree que aquí tenemos posibilidades...?

—Estoy seguro.

Cuando Beautrelet confirmó que la opinión de Sholmès coincidía con la suya, sintió una alegría con mezcla de amargura. Si el inglés llegaba a la meta, la victoria sería compartida, ¿y quién sabe si incluso llegaría antes que él?

—¿Tiene pruebas? ¿Alguna pista?

—No tenga miedo —respondió el inglés socarrón, porque comprendía la preocupación del muchacho—. Yo no compito con usted. Usted se ocupa del documento y del impreso, cosas que a mí no me inspiran demasiada confianza.

—¿Y usted?

—De eso no.

—¿Sería una indiscreción preguntarle...?

—De ningún modo. ¿Recuerda la historia de la diadema, la historia del duque de Charmerace?

—Sí.

—¿No habrá olvidado a Victoire, la vieja niñera de Lupin, la que mi buen amigo Ganimard dejó escapar de un falso furgón policial?

—No.

—He dado con la pista de Victoire. Vive en una granja cerca de la carretera nacional 25. La carretera nacional 25 es la que va de El Havre a Lille. A través de Victoire llegaré fácilmente hasta Lupin.

—Le llevará tiempo.

—¡Qué más da! He dejado de lado todos mis asuntos. Solo me importa este. Lupin y yo tenemos una lucha... Una lucha a muerte. —Pronunció estas palabras con una especie de agresividad en la que se percibía todo el rencor por las humillaciones y el odio feroz al gran enemigo que se había burlado de él con mucha crueldad—. Váyase —murmuró—. Nos están mirando y es peligroso. Pero recuerde lo que le digo: el día que Lupin y yo estemos frente a frente será..., será trágico.

Beautrelet se despidió de Sholmès muy tranquilo: no había temor de que el inglés lo adelantara.

¡Y qué prueba le proporcionaba esa conversación casual! La carretera de El Havre a Lille pasa por Dieppe. ¡Es la principal ruta costera del país de Caux! ¡La carretera que domina los acantilados de La Mancha! Y Victoire vive en una granja cerca de esa carretera. Victoire, es decir, Lupin, porque los dos iban juntos, el señor y la criada siempre ciegamente entregada.

«Se acaba la partida... Se acaba la partida... —se repetía el muchacho—. Cada vez que las circunstancias me proporcionan nueva información, más se confirman mis sospechas. Por un lado, la certeza absoluta de la ribera del Sena; por otro, la certeza de la carretera nacional. Las dos vías de comunicación se unen en El Havre, en la ciudad de Francisco I, la ciudad del secreto. Los límites se estrechan. El país de Caux no es grande y, además, solo tengo que inspeccionar la parte oeste».

Se puso manos a la obra con mucho empeño.

Beautrelet pensaba continuamente: «Si Lupin lo encontró, no hay ninguna razón para que yo no lo haga». Desde luego, Lupin debía de tener grandes ventajas; quizá el conocimiento profundo de la región, unos datos precisos sobre las leyendas locales o, ni siquiera eso, solo algún recuerdo, pero era una ventaja valiosa, porque Beautrelet no sabía nada y no conocía la comarca; la primera vez que la recorrió fue cuando el robo de Ambrumésy, y muy deprisa, sin entretenerse.

¡Qué más daba!

Aunque tuviera que dedicar diez años de su vida a esa investigación, la llevaría hasta el final. Lupin estaba ahí. Lo veía. Lo adivinaba. Le esperaba en esa revuelta del camino, en la linde de aquel bosque o al salir de este pueblo. Y siempre se decepcionaba, pero en cada decepción parecía encontrar un motivo más fuerte para seguir insistiendo.

A menudo, se tumbaba en un talud del camino y se metía de lleno en el examen del documento tal y como lo llevaba encima, es decir, aquella copia con las vocales en lugar de los números.

```
e.a.a..ee..e.a.
.a.a.a.a.e.a.  .e.o.i.a.
.e.a.o.e..ue..e.e..e.o..e
S SF ⬓  19F+44 ▰ 357 ◪
a.u.a  .ue.a
```

También a menudo, siguiendo su costumbre, se tumbaba boca abajo en la hierba alta y se quedaba pensando durante horas. Tenía tiempo. Todo el futuro por delante.

Con una paciencia admirable, iba del Sena al mar y del mar al Sena, se alejaba progresivamente, volvía sobre sus pasos y solo abandonaba el terreno cuando, en teoría, ya no había ninguna posibilidad de sacar la mínima información de allí.

Estudió y escudriñó Montivilliers, Saint-Romain, Octeville y Gonneville y Criquetot.

Por las noches, llamaba a las puertas de los lugareños y les pedía alojamiento. Después de cenar, fumaban juntos y charlaban. Beautrelet les decía que le contaran las historias con las que ellos se entretenían durante las largas veladas de invierno.

—¿Y la aguja? ¿No conoce usted la leyenda de la Aguja hueca? —Siempre la misma pregunta solapada.

—Pues no... No sé qué es...

—Intente recordar, una historia que contara alguna anciana... Algo que hable de una aguja... Qué sé yo, ¿de una aguja encantada quizá?

Nada. Ninguna leyenda, ningún recuerdo. Y al día siguiente se ponía de nuevo en marcha con alegría.

Un día, pasó por Saint-Jouin, un bonito pueblo que domina el mar, y bajó entre el caos de rocas que se habían desprendido del acantilado.

Luego volvió a subir a la planicie y se fue hacia el valle costero de Bruneval, al cabo de Antifer y la bahía de Belle-Plage. Caminaba alegre y ligero, un poco cansado, pero ¡feliz de la vida! Tan feliz que incluso se había olvidado de Lupin y del misterio de la Aguja hueca y de Victoire y de Sholmès y prestaba atención al espectáculo de la naturaleza, al cielo azul, al inmenso mar de color esmeralda, que deslumbraba con el sol.

Le intrigaron unos taludes rectilíneos, los restos de unos muros de ladrillos, que le parecieron vestigios de un campamento romano. Luego vio una especie de castillo pequeño, construido a imitación de un fuerte antiguo, con torrecillas resquebrajadas y ventanas altas de estilo gótico, situado en un promontorio despedazado, montuoso y lleno de piedras, casi desprendido del acantilado. Una cancela con rejas de hierro a cada lado y maleza espinosa protegían un paso estrecho.

Beautrelet consiguió cruzar al otro lado con mucho esfuerzo. Encima de la puerta ojival, cerrada con una cerradura vieja y roñosa, leyó las siguientes palabras:

«Fuerte de Fréfossé»[7].

No intentó entrar; giró a la derecha, bajó una pendiente pequeña y siguió por un sendero que discurría por una arista de tierra con una barandilla de madera. Al final del sendero había una gruta muy estrecha, que formaba como una garita excavada en la punta de una roca, una roca abrupta que dominaba el mar.

Justo se podía estar de pie en el centro de la gruta. En las paredes se entrecruzaban muchas inscripciones. Un agujero casi cuadrado, perforado en

---

7   El fuerte de Fréfossé llevaba el nombre de una finca contigua de la que dependía. Como consecuencia de las revelaciones de este libro, la autoridad militar exigió su destrucción, que se produjo unos años más tarde. *(N. del A.)*

la piedra, a modo de lucerna, se abría de cara a tierra, exactamente enfrente del fuerte de Fréfossé; desde ahí se veía, a treinta o cuarenta metros, su corona almenada. Beautrelet dejó la bolsa y se sentó. Había sido un día duro y cansado. Se durmió un instante.

El viento frío que corría por la gruta lo despertó. Se quedó unos minutos quieto y distraído, con la mirada perdida. Trataba de pensar, de recuperar las facultades aún adormecidas. Iba a levantarse, ya más despierto, cuando tuvo la sensación de que, de pronto, sus ojos muy abiertos miraban fijamente... Le recorrió un escalofrío. Se le crisparon las manos y sintió que le sudaba la raíz del pelo.

—No... No... —balbuceó—. Es un sueño, una alucinación... Vamos a ver, ¿será posible?

Se arrodilló bruscamente y se inclinó. En el suelo de granito había dos letras enormes, quizá de más de treinta centímetros cada una, grabadas en relieve.

Las dos letras, esculpidas toscamente, con las esquinas redondeadas y la superficie patinada por el desgaste del tiempo, las dos letras eran una «S» y una «F».

¡Una «S» y una «F»! ¡Un milagro estremecedor! Precisamente una «S» y una «F», ¡las dos letras del documento! ¡Las dos únicas letras del documento!

¡Ay! Beautrelet ni siquiera necesitaba mirarlo para recordar el grupo de letras de la cuarta línea, ¡la línea de las medidas e indicaciones!

¡Las conocía muy bien! ¡Las tenía grabadas para siempre en sus pupilas, las tenía incrustadas para siempre en la mismísima materia gris del cerebro!

Se levantó, bajó el camino escarpado y volvió a subir bordeando el antiguo fuerte; otra vez se agarró, para pasar, a las espinas de la reja y caminó rápidamente hacia un pastor, cuyo rebaño pastaba por una ondulación de la planicie.

—Esa gruta, allí... Esa gruta... —le temblaban los labios y buscaba unas palabras que no encontraba. El pastor lo miraba atónito. Por fin, repitió—: Sí, la gruta que está ahí, a la derecha del fuerte... ¿Tiene nombre?

—¡Claro! Todos los de Étretat dicen que es la de las Señoritas.

—¿Cómo...? ¿Cómo...? ¿Qué dice usted?

—Pues eso... La cámara de las Señoritas...

Isidore estuvo a punto de saltarle al cuello, como si ese hombre tuviera toda la verdad y él esperase sacársela, arrancársela...

¡Las Señoritas! ¡Una de las palabras, una de las dos únicas palabras del documento que conocía!

Un viento de locura le hizo tambalearse. Y la fuerza de ese viento aumentaba a su alrededor, soplaba como una borrasca impetuosa que venía de alta mar, que venía de tierra, que venía de todas partes y le azotaba con grandes golpes de verdad... ¡Ya lo entendía! ¡Veía el documento con su verdadero significado! La cámara de las Señoritas... Étretat...

«Eso es... —pensó con la mente invadida de luz—. Solo puede ser eso. ¿Pero cómo no lo he adivinado antes?».

Le dijo al pastor en voz baja:

—Bueno... ya puedes marcharte... Gracias.

El hombre, boquiabierto, silbó a su perro y se alejó.

Una vez solo, Beautrelet regresó al fuerte. Casi lo había dejado atrás cuando, de pronto, se tiró al suelo y se quedó acurrucado en un lado del muro. Y pensó, retorciéndose las manos: «¡Estoy loco! ¿Y si él me ve? ¿Y si *sus* cómplices me ven? Llevo una hora dando vueltas».

Se quedó quieto. El sol estaba poniéndose. La noche se mezclaba poco a poco con el día y las siluetas se difuminaban.

Entonces, con pequeños gestos imperceptibles, arrastrándose boca abajo, reptando, avanzó hacia una de las puntas del promontorio, en el extremo del acantilado. Llegó. Estiró las manos, apartó con la punta de los dedos unas matas de hierba y se asomó por encima del abismo.

Enfrente, casi a la altura del acantilado, en medio del mar, se alzaba verticalmente una roca enorme, de más de ochenta metros de altura, un obelisco colosal, erguido sobre su amplia base de granito, que se veía a ras de agua, y luego se estrechaba hacia la parte superior, igual que el diente gigantesco de un monstruo marino. El espeluznante monolito, de color blanco como el acantilado, de un blanco grisáceo y sucio, estaba estriado con unas líneas horizontales que el sílex había marcado, donde se veía el lento trabajo de los siglos, acumulando una tras otra las capas calcáreas y las capas de cantos rodados.

En algunos sitios había una fisura o una cavidad y justo ahí, un poco de tierra, hierba y hojas.

Y todo aquello era poderoso, sólido y formidable, con un aire indestructible contra el que el ataque furioso de las olas y de las tempestades no podía prevalecer. Y todo era definitivo, inmanente, grandioso, a pesar de la grandeza de la muralla de acantilados que lo dominaba, e inmenso a pesar de la inmensidad del espacio donde se erigía.

Beautrelet clavaba las uñas en el suelo como las garras de un animal a punto de saltar sobre su presa. Su mirada penetraba en la corteza rugosa de la roca, en su piel, le parecía a él, en su carne. Beautrelet la tocaba, la palpaba, la examinaba, adquiría conocimiento y posesión de ella... La asimilaba...

El horizonte se teñía de rojo con todas las luces del sol oculto, unas nubes largas, encendidas, quietas en el cielo que formaban un paisaje magnífico, unas lagunas irreales, unas llanuras en llamas, bosques de oro, lagos de sangre, toda una fantasmagoría ardiente y apacible.

El azul del cielo se oscureció. Venus resplandecía con un brillo maravilloso y luego las estrellas se encendieron tímidas aún.

Y, de pronto, Beautrelet cerró los ojos y apretó con fuerza los brazos doblados contra la frente. ¡Dios mío! Creyó morir de alegría, sintió una emoción tan cruel que se le encogió el corazón: casi en lo más alto de la Aguja de Étretat, debajo de la punta, donde revoloteaban unas gaviotas, un poco de humo se filtraba por una grieta, igual que por una chimenea invisible; un poco de humo subía en lentas espirales por el aire tranquilo del crepúsculo.

IX

¡ÁBRETE, SÉSAMO!

¡La Aguja de Étretat está hueca!

¿Un fenómeno natural? ¿Una cueva producida por cataclismos interiores o por el esfuerzo insensible del mar agitado y de la lluvia que se filtra? ¿O un trabajo sobrehumano hecho por humanos, celtas, galos, hombres prehistóricos? Probablemente, unas preguntas sin respuesta. ¿Y qué importaba eso? Lo fundamental era que la Aguja estaba hueca.

A cuarenta o cincuenta metros de ese arco imponente llamado la Puerta de Aval, que se alza hasta lo alto del acantilado, como la rama colosal de un árbol, y echa raíces en las rocas submarinas, se erige un cono calcáreo desmesurado; y ese cono solo es una capa de corteza puntiaguda que envuelve el vacío.

¡Qué extraordinaria revelación! ¡Después de Lupin, en ese preciso instante Beautrelet descubría el secreto del gran enigma que ha sobrevolado a lo largo de más de veinte siglos! ¡Un secreto de suma importancia para el que lo tenía en su poder antiguamente, en los tiempos lejanos en que las hordas bárbaras cabalgaban por el viejo continente! ¡Un secreto mágico que abre la cueva ciclópea a tribus enteras que huyen del enemigo! ¡Un secreto misterioso que protege la puerta del más inviolable de los refugios! ¡Un secreto prestigioso que otorga poder y asegura la preponderancia!

César pudo subyugar la Galia porque conocía ese secreto. Y porque lo conocían, los normandos se impusieron en el país, después, con ese punto de apoyo, ¡conquistaron la isla vecina, Sicilia, Oriente y el Nuevo Mundo!

Cuando los reyes de Inglaterra fueron dueños del secreto dominaron Francia, la humillaron, la dividieron y se coronaron reyes en París. Cuando lo perdieron, llegó la derrota.

Cuando los reyes de Francia fueron dueños del secreto se engrandecieron, rebasaron los límites estrechos de sus dominios, fundaron, poco a poco, una gran nación y resplandecieron de gloria y poder, pero cuando lo olvidaron o no supieron utilizarlo, llegó la muerte, el exilio y el declive.

¡Un reino invisible en el seno de las aguas, a diez brazas de tierra! ¡Una fortaleza desconocida, más alta que las torres de Notre-Dame, construida sobre una base de granito más amplia que una plaza pública! ¡Qué fuerza y qué seguridad! De París al mar por el Sena. Allí, El Havre, una ciudad nueva, una ciudad necesaria. Y a siete leguas, la Aguja hueca, ¿no es el refugio inexpugnable?

Es el refugio y también el escondrijo formidable. Todos los tesoros de los reyes engordados siglo tras siglo, todo el oro de Francia, todo lo que se saca del pueblo, todo lo que se arranca al clero, todo el botín de los campos de batalla europeos se amontona en la caverna real. Antiguos *sous* de oro, escudos relucientes, doblones, ducados, florines, guineas y piedras preciosas, y diamantes y joyas y aderezos, todo está ahí. ¿Quién podría descubrirlo? ¿Quién podría conocer el secreto impenetrable de la Aguja? Nadie.

Sí, Lupin.

Y Lupin se convierte en esa especie de ser realmente desproporcionado que conocemos, en ese milagro imposible de explicar mientras la verdad permanezca oculta. Por infinitos que sean los recursos de su inteligencia, no bastan para la lucha que libra contra la sociedad. Necesita recursos materiales. Necesita una retirada segura, necesita la certeza de la impunidad y la paz que le permita ejecutar sus planes.

Sin la Aguja hueca, Lupin es incomprensible, es un mito, un personaje de novela sin conexión con la realidad. Cuando se adueña del secreto, ¡y de qué secreto!, es simplemente un hombre como los demás, pero que sabe manejar de manera superior el arma extraordinaria con que el destino le ha dotado.

Así que la Aguja está hueca, y eso es un hecho indiscutible. Falta saber cómo se puede acceder a ella.

Por el mar evidentemente. Del lado del mar, debía de haber alguna fisura abordable para los barcos a ciertas horas de la marea. Pero ¿y por el lado de tierra?

Beautrelet se quedó suspendido por encima del abismo hasta la noche, con la mirada fija en la masa oscura de la pirámide, pensando, meditando con toda la fuerza de su mente.

Luego bajó hacia Étretat, buscó el hotel más modesto, cenó, subió a su habitación y desdobló el documento.

Entonces, aclarar el significado era para él un juego de niños. Inmediatamente se dio cuenta de que las tres vocales de la palabra «Étretat» estaban en la primera línea, en orden y con los intervalos necesarios. Así que, la primera línea quedaba así:

«e.a.a..eétretat»

¿Qué palabras podían ir antes de «Étretat»? Seguro que alguna palabra que se aplicaba a la situación de la Aguja en relación con el pueblo. Ahora bien, la Aguja se levantaba a la izquierda, al oeste... Se quedó pensando y recordó que los vientos del oeste en la costa francesa se llamaban vientos de «aval» y que la puerta se llamaba precisamente «de Aval». Y escribió:

«En aval de Étretat».

La segunda línea era la de la palabra «señoritas». Inmediatamente comprobó que la serie de vocales antes de esa palabra formaban las palabras «la cámara de las», y escribió las dos frases:

«En aval de Étretat — La cámara de las Señoritas».

La tercera línea le resultó más complicada, y después de mucho tantear, recordando la situación, cerca de la cámara de las Señoritas, del castillo construido en el emplazamiento del fuerte de Fréfossé, acabó reconstruyendo el documento casi completo:

«En aval de Étretat — la cámara de las Señoritas
— Debajo del fuerte de Fréfossé — Aguja hueca».

Esas eran las cuatro frases importantes, las frases fundamentales y generales. Con ellas, se iba al oeste, a aval, de Étretat, se entraba en la cámara de las Señoritas, se pasaba muy probablemente por debajo del fuerte de Fréfossé y se llegaba a la Aguja.

¿Cómo? Con las indicaciones y medidas que formaban la cuarta línea:

S SF ▱ 19F+44 ◁ 357 ◿

Estas, evidentemente, eran las fórmulas más concretas para buscar la entrada y el camino que lleva a la Aguja.

Beautrelet supuso inmediatamente, y su hipótesis era la consecuencia lógica del documento, que, si realmente había una vía directa entre la tierra y el obelisco de la Aguja, el subterráneo saldría de la cámara de las Señoritas, pasaría por debajo del fuerte de Fréfossé, bajaría en picado los cien metros de acantilado y, por un túnel abierto debajo de las rocas del mar, desembocaría en la Aguja hueca.

¿Y la entrada al subterráneo? ¿Eran las dos letras «S» y «F», claramente talladas, las que la señalaban, las que la abrían, quizá con algún mecanismo ingenioso?

Isidore pasó toda la mañana siguiente deambulando por Étretat y charlando con unos y otros para intentar recabar algo de información útil. Después, por la tarde, subió al acantilado. Se había disfrazado de un marinero mucho más joven; parecía un crío de doce años, con un pantalón demasiado corto y blusa de pescador.

En cuanto entró en la gruta, se arrodilló delante de las letras. Le esperaba una decepción. Por más que las golpeó, empujó y manipuló en todos los sentidos no se movieron. Pero, con bastante rapidez, se dio cuenta de que realmente no podían moverse y, por lo tanto, de que no controlaban ningún mecanismo. Pero... pero significaban algo. De la información que había conseguido en el pueblo se deducía que nunca nadie había podido explicar por qué estaban ahí esas letras y que el abad Cochet, en su valioso libro sobre Étretat,[8] también había analizado en vano el pequeño jeroglífico. Pero Isidore sabía lo que ignoraba el erudito arqueólogo normando, es decir, que las dos mismas letras estaban en el documento, en la línea de las indicaciones. ¿Una coincidencia fortuita? Imposible. ¿Entonces...?

De pronto se le ocurrió una idea tan racional y simple que no dudó ni un segundo. La «S» y la «F» eran las iniciales de dos de las palabras más importantes del documento, ¿verdad? Las palabras que representaban, con la Aguja, las paradas esenciales del camino: la cámara de las «Señoritas» y el fuerte de «Fréfossé». La «S» de señoritas y la «F» de Fréfossé: ahí había una relación demasiado extraña como para ser fruto de la casualidad.

Entonces, el problema se planteaba así: el grupo «SF» representa la relación que existe entre la cámara de las Señoritas y el fuerte de Fréfossé; la letra aislada «S», con la que comienza la línea, representa las «Señoritas», es decir, la gruta donde primero hay que situarse; y la letra aislada «F», en medio de la línea, representa «Fréfossé», es decir, donde probablemente está la entrada al subterráneo.

Entre estos varios signos, quedan dos, una especie de rectángulo desigual con un trazo abajo a la izquierda y el número 19 que, a todas luces, indican a quienes estén en la gruta cómo entrar por debajo del fuerte.

A Isidore le intrigaba la forma del rectángulo. ¿Habría a su alrededor, en las paredes o por lo menos al alcance de la vista, una inscripción o cualquier cosa con forma rectangular?

---

8 *Les Origines d'Étretat*. Después de todo, el abad parece que llega a la conclusión de que las dos letras son las iniciales de alguien que pasó por allí. Las revelaciones que aportamos demuestran el error de esa suposición. *(N. del A.)*

La buscó durante un buen rato y, cuando estaba a punto de abandonar esa pista, se fijó en el agujero perforado en la roca, que era como la ventana de la cámara. Los bordes del agujero dibujaban precisamente un rectángulo rugoso, desigual y tosco, pero era un rectángulo, e, inmediatamente, Beautrelet comprobó que poniendo los pies encima de la «S» y la «F» grabadas en el suelo, ¡estaba exactamente a la altura de la ventana!, y así se explicaba la línea que coronaba las dos letras del documento.

Se colocó encima de las letras y miró por el agujero. La ventana enfocaba, ya lo hemos dicho, a tierra firme; primero se veía el sendero que llevaba de la gruta a tierra, un sendero colgado entre dos abismos, y luego la base del montículo que sostenía el fuerte. Beautrelet se inclinó hacia la izquierda para intentar ver el fuerte y, entonces, comprendió el significado del trazo redondeado, de la coma que tenía dibujado el documento abajo, abajo a la izquierda, a la izquierda de la ventana: un trozo de sílex formaba un saliente, y el extremo del sílex se curvaba como una garra. Parecía un auténtico punto de mira. Y si ponía el ojo en el punto de mira, la vista recortaba, en la pendiente del montículo de enfrente, una superficie de terreno bastante reducida, ocupada casi completamente por un antiguo muro de ladrillo, vestigio del fuerte de Fréfossé o del *oppidum* romano construido allí.

Beautrelet corrió hacia ese lado del muro, de diez metros de largo aproximadamente, tapizado de hierbas y plantas. No encontró ninguna pista.

Pero ¿y el número 19?

Regresó a la gruta. Se había equipado con un ovillo de cuerda y un metro de tela, que sacó del bolsillo. Anudó la cuerda en el ángulo de sílex, ató una piedra a los 19 metros y la lanzó hacia tierra. La piedra apenas llegaba al sendero.

«Eres un perfecto imbécil —pensó—. ¿En aquella época se medía en metros? Si el 19 no significa 19 toesas, no significa nada».

Con el cálculo hecho, midió treinta y siete metros en la cuerda, hizo un nudo y lanzó la cuerda. Bajó al muro. Tanteando, buscó el punto exacto y necesariamente único donde el nudo, desde los treinta y siete metros de altura de la ventana de las Señoritas, tocaba el muro de Fréfosse. Unos segundos después, el punto de contacto se asentó. Con la mano que le quedaba libre apartó unas hojas de gordolobo que habían crecido entre los intersticios.

Se le escapó un grito. El nudo se había posado en una crucecita esculpida en relieve en un ladrillo.

¡Y el signo que seguía al 19F en el documento era una cruz!

Necesitó toda su fuerza de voluntad para dominar la emoción que lo invadía. Rápidamente, con los dedos crispados, sujetó la cruz y, presionándola, la giró como habría girado los radios de una rueda. El ladrillo osciló. Redobló la fuerza: la cruz no se movió. Entonces, sin girarla presionó más. Sintió de inmediato que cedía. Fue como si de repente se activase, se oyó una cerradura abriéndose; y la sección del muro a la derecha del ladrillo pivotó y dejó al descubierto el orificio de un subterráneo de un metro de ancho.

Beautrelet, como loco, sujetó la puerta de hierro en la que estaban incrustados los ladrillos, la trajo hacia sí violentamente y la cerró. La sorpresa, la alegría y el miedo a que lo sorprendieran le transformó la cara hasta volverla irreconocible. Tuvo una visión aterradora de todo lo que había ocurrido ahí, delante de esa puerta, en veinte siglos, de todos los personajes iniciados en el gran secreto que habían pasado por esa entrada... Celtas, galos, romanos, normandos, ingleses, franceses, barones, duques, reyes y, después de todos ellos, Arsène Lupin... y después de Lupin, él, Beautrelet... Sintió que perdía la cabeza. Parpadeó. Cayó noqueado y rodó hasta el final de la rampa, hasta el mismo borde del precipicio.

Había terminado la tarea, al menos la tarea que podía llevar a cabo él solo, con los pocos recursos de los que disponía.

Por la noche, escribió al jefe de la Seguridad una carta muy larga, informándole fielmente de los resultados de su investigación y revelándole el secreto de la Aguja hueca. Pedía ayuda para acabar el trabajo y le daba su dirección.

Mientras esperaba la respuesta, pasó dos noches seguidas en la cámara de las Señoritas. Las pasó muerto de miedo, con los nervios crispados por el terror que los ruidos nocturnos intensificaban... A cada instante, creía ver sombras acercándose. Sabían que estaba en la gruta... Iban allí... y lo degollaban... Pero su mirada, perdidamente fija, sostenida por toda su fuerza de voluntad, se aferraba a la sección del muro.

La primera noche no hubo ningún movimiento, pero la segunda, con la claridad de las estrellas y de una delgada luna en cuarto creciente, vio que se abría la puerta y que unas siluetas surgían de las tinieblas. Contó dos, tres, cuatro y cinco.

Le pareció que los cinco hombres cargaban bultos bastante voluminosos. Los cómplices acortaron por el campo hasta la carretera de El Havre y Beautrelet distinguió el ruido de un automóvil alejándose.

Beautrelet fue hacia allí y bordeó una granja grande. Pero, a la vuelta del camino que la rodeaba, solo tuvo tiempo de subir a un talud y esconderse detrás de unos árboles. Otros hombres pasaron, cuatro y cinco, todos cargados con paquetes. Dos minutos después, oyó otro automóvil. Esta vez, ya no tuvo fuerzas para regresar a su puesto y fue a acostarse.

Cuando se despertó, el botones del hotel le llevó una carta. La abrió. Dentro estaba la tarjeta de Ganimard.

—¡Al fin! —gritó Beautrelet, que, después de una expedición tan dura, necesitaba de verdad auxilio.

Cuando vio a Ganimard, Beautrelet corrió hacia él con los brazos abiertos. El policía lo abrazó y se quedó mirándolo un instante.

—Chico, es usted un tipo duro —le dijo.

—¡Bah! —respondió Beautrelet—, he tenido suerte.

—No hay suerte que valga con él —aseguró el inspector, que siempre hablaba de Lupin con aire solemne y sin pronunciar su nombre. Ganimard se sentó—. Entonces, ¿lo tenemos?

—Como lo hemos tenido más de veinte veces —dijo Beautrelet riendo.

—Sí, pero hoy...

—Es verdad, hoy la situación es diferente. Conocemos su guarida, su fortaleza, lo que, en definitiva, hace que Lupin sea Lupin. Él puede escapar. La Aguja de Étretat no.

—¿Por qué supone que se va a escapar? —preguntó Ganimard, preocupado.

—¿Por qué supone usted que necesitará escapar? —respondió Beautrelet—. No hay nada que demuestre que está en la Aguja. Anoche, salieron de allí once cómplices. Quizá fuera uno de ellos.

Ganimard se quedó pensativo.

—Tiene razón. Lo fundamental es la Aguja hueca. En cuanto a lo demás, esperemos que la suerte nos favorezca. Y ahora, hablemos. —Otra vez utilizó un tono grave y se dio aires de importancia para añadir—: Amigo Beautrelet, tengo orden de recomendarle la más absoluta discreción sobre este asunto.

—¿Orden de quién? —preguntó Beautrelet bromeando—. ¿Del director de la policía?

—De más arriba.

—¿Del presidente del Consejo de Estado?

—De más arriba.

—¡Dios mío!

Ganimard bajó la voz.

—Beautrelet, vengo del Elíseo. Allí consideran este caso un secreto de Estado de extrema gravedad. Hay razones fundadas para que esta fortaleza invisible siga sin conocerse… Principalmente, razones estratégicas… la Aguja puede convertirse en un centro de abastecimiento, en un almacén de explosivos nuevos, de proyectiles recién inventados, ¡qué sé yo! El arsenal desconocido de Francia.

—¿Y cómo esperan guardar un secreto de esta envergadura? Antiguamente, solo un hombre lo conocía, el rey. Ahora ya lo sabemos unos cuantos, y eso sin contar la banda de Lupin.

—¡Bueno! ¡Si ganamos diez o aunque sean cinco años de silencio! Esos cinco años pueden ser la salvación…

—Pero para apoderarse de esta fortaleza, de ese futuro arsenal, hay que atacarla, hay que sacar a Lupin de ahí. Y eso no se consigue sin ruido.

—Evidentemente, la gente imaginará algo, pero nadie lo sabrá. Al menos lo intentaremos.

—De acuerdo, ¿cuál es el plan?

—En pocas palabras, este: para empezar, usted no es Isidore Beautrelet y no estamos hablando de Arsène Lupin. Usted es y seguirá siendo un muchacho de Étretat, que ganduleando por ahí sorprendió a unos individuos que salían de un subterráneo. ¿Y usted supone, verdad, que hay una escalera tallada en la roca de arriba abajo del acantilado?

—Sí, hay muchas por toda la costa. Sin ir más lejos, me han hablado de una muy cerca de aquí, enfrente de Benouville, la escalera del Cura, la conocen todos los bañistas. Por no hablar de los tres o cuatro túneles para los pescadores.

—Entonces, la mitad de mis hombres y yo iremos detrás de usted. Yo entro solo o acompañado, eso está por ver. El caso es que atacaremos por ahí. Si Lupin no está en la Aguja, preparamos ahí una trampa en la que, tarde o temprano, caerá. Si está...

—Señor Ganimard, si está huirá de la Aguja por la cara posterior, la que mira al mar.

—Si eso llega a suceder, la otra mitad de mis hombres lo detendrá inmediatamente.

—De acuerdo, pero si como supongo han elegido el momento de la bajamar, cuando la base de la Aguja queda al descubierto, la cacería será pública, porque ocurrirá delante de todos los pescadores de mejillones, camarones y almejas que andan por las rocas cercanas.

—Por eso precisamente, elegiré la hora de la marea alta.

—Entonces, huirá en barco.

—Pero, como tendré ahí una docena de pesqueros, con uno de mis hombres al mando en cada uno, lo atraparemos.

—Si no se escurre entre su docena de barcos como un pez entre las mallas de la red.

—De acuerdo. Pues ahí es cuando lo hundo.

—¡Demonios! ¿Así que tendrá cañones?

—Dios mío, claro que sí. En estos momentos hay un torpedero en El Havre. A una llamada mía, estará a la hora acordada por los alrededores de la Aguja.

—¡Lo orgulloso que se sentirá Lupin! ¡Un torpedero...! Vaya, señor Ganimard, ya veo que lo tiene todo previsto. Solo falta ponernos en marcha. ¿Cuándo atacaremos?

—Mañana.

—¿Por la noche?

—A plena luz del día, con la marea alta, alrededor de las diez.

—Perfecto.

Bajo una aparente alegría, Beautrelet ocultaba auténtica angustia. No durmió en toda la noche, dando vueltas a planes imposibles. Ganimard se despidió de él y se fue a Yport, a unos diez kilómetros de Étretat, donde, por precaución, había convocado a sus hombres y había fletado doce pesqueros para una supuesta exploración por la costa.

A las nueve cuarenta y cinco, Ganimard, escoltado por doce robustos hombretones, se reunía con Isidore al principio del camino que sube al acantilado. A las diez en punto, llegaban al muro. Ese era el instante decisivo.

—¿Qué te ocurre, Beautrelet? Estás blanco —le dijo sarcásticamente Ganimard, tuteándolo para burlarse.

—Pues tú, señor Ganimard —respondió Isidore—, parece que ha llegado tu última hora.

Tuvieron que sentarse y Ganimard dio unos tragos de ron.

—No es miedo, pero ¡Dios mío, qué emoción! —insistió el inspector—. Cada vez que voy a atraparlo se me hace un nudo en las tripas. ¿Un poco de ron?

—No.

—¿Y si se queda usted atrás?

—Será porque he muerto.

—¡Demonios! Bueno, ya veremos. Y ahora, abra el muro. No hay peligro de que nos vean, ¿verdad?

—No. La Aguja está más baja que el acantilado y, además, estamos en una vaguada del terreno.

Beautrelet se acercó al muro y presionó el ladrillo. El mecanismo se activó y apareció la entrada del subterráneo. A la luz de las linternas, vieron que estaba excavado con forma abovedada, y que la bóveda, igual que el suelo, estaba recubierta de ladrillo.

Caminaron unos segundos y rápidamente apareció una escalera. Beautrelet contó cuarenta y cinco peldaños, peldaños de ladrillo, hundidos en el medio por la acción lenta de los pasos.

—¡Maldita sea! —juró Ganimard, que iba en cabeza y se había detenido como si hubiera chocado con algo.

—¿Qué ocurre?

—¡Una puerta!

—Vaya —murmuró Beautrelet mirándola—, y nada fácil de derribar. Un bloque de hierro, así de simple.

—Estamos perdidos —dijo Ganimard—. Ni siquiera tiene cerradura.

—Precisamente eso es lo que me da esperanzas.

—¿Por qué?

—Las puertas están hechas para abrirse, y si esta no tiene cerradura es porque hay un truco para abrirla.

—Y como nosotros no sabemos ese truco...

—Yo voy a descubrirlo.

—¿Cómo?

—Con el documento. La única función de la cuarta línea es resolver las dificultades cuando aparezcan. Y la solución es relativamente fácil, porque esa línea no es para confundir, sino para ayudar a los que buscan el camino.

—¡Relativamente fácil! No opino lo mismo —protestó Ganimard, que ya había desdoblado el documento—. El número 44 y un triángulo con un punto a la izquierda; esto es del todo incomprensible.

—Pues no, claro que no. Examine la puerta. Verá usted que tiene las cuatro esquinas reforzadas con unas placas de hierro en forma de triángulo, y que las placas están sujetas con clavos gordos. Vaya a la placa que está abajo a la izquierda y juegue con el clavo de la esquina... Hay nueve posibilidades contra una de que acertemos.

—Pues ha dado usted en la décima —dijo Ganimard, después de haberlo intentado.

—Entonces, es que el número 44... —En voz baja, mientras pensaba, Beautrelet añadió—: Vamos a ver... Ganimard y yo estamos en el último peldaño de la escalera... Y la escalera tiene cuarenta y cinco peldaños... ¿Por qué cuarenta y cinco, si el número del documento es 44? ¿Coincidencia? No... En todo este asunto no hay ninguna coincidencia, al menos involuntaria. Ganimard, por favor, suba un escalón... Eso es, no se mueva del peldaño cuarenta y cuatro. Y ahora, voy a manipular el clavo de hierro. Y el pestillo se abrirá... O yo ya no entiendo nada... —Efectivamente, la pesada puerta giró sobre sus goznes. Ante sus miradas apareció una cueva bastante amplia—. Debemos de estar exactamente debajo del fuerte de Fréfossé —dijo Beautrelet—. Ahora ya se ha excavado en la tierra. Se acabaron los ladrillos. Estamos en plena masa calcárea. —Un chorro de luz que procedía del otro extremo iluminaba confusamente el espacio. Al acercarse, vieron que era una grieta del acantilado, hecha en un saliente de la pared, que formaba una especie de observatorio. Frente a ellos, a cincuenta metros, surgía entre las olas el bloque impresionante de la Aguja. A la derecha, muy cerca, estaba el arbotante de la puerta de Aval; a la izquierda, muy lejos, cerrando la curva armoniosa de una amplia ensenada, otro arco, más imponente aún, se recortaba en el acantilado: era la Manneporte *(magna porta),* tan grande que un navío con los mástiles levantados y todas las velas desplegadas habría podido pasar por debajo. Y al fondo, el mar por todas partes—. No veo nuestra flotilla —aseguró Beautrelet.

—Es imposible verla —dijo Ganimard—. La puerta de Aval nos tapa toda la costa de Étretat y la de Yport. Pero, mire, allí, en alta mar, esa línea negra, a ras del agua...

—¿Qué es?

—Pues nuestra flota de guerra, el torpedero número 25. Con eso, Lupin puede escaparse... si quiere conocer el paisaje submarino.

Cerca de la grieta, un pasamanos marcaba el hueco de una escalera. Siguieron por ahí. De vez en cuando, había una ventanita perforada en la pared y desde todas se veía la Aguja, cuya masa les parecía cada vez más colosal. Un poco antes de llegar al nivel del agua, las ventanas desaparecieron y todo quedó a oscuras.

Isidore contaba los escalones en voz alta. El trescientos cincuenta y ocho desembocó en un pasillo más ancho, bloqueado por otra puerta de hierro, reforzada con placas y clavos.

—Esto ya nos lo sabemos —dijo Beautrelet—. En el documento aparecen el número 357 y un triángulo apuntando a la derecha. Solo tenemos que repetir la operación.

La segunda puerta respondió igual que la primera. Apareció un túnel largo, muy largo, iluminado en distintos puntos por el fuerte resplandor de unos faroles que colgaban de la bóveda. Las paredes rezumaban y las gotas caían al suelo; por eso habían instalado, de un extremo a otro del túnel, una auténtica pasarela de tablas, para facilitar el camino.

—Estamos pasando por debajo del mar —aclaró Beautrelet—. Ganimard, ¿viene usted?

Ganimard se aventuró por el túnel, siguiendo la pasarela de madera, se detuvo delante de un farol y lo descolgó.

—Los aparatos pueden datar de la Edad Media, pero el modo de iluminación es moderno. Estos señores se alumbran con manguitos incandescentes. —Y siguió andando. El túnel terminaba en otra gruta de proporciones aún mayores y, enfrente de donde estaban, se veían los primeros peldaños de una escalera que subía—. Ahora empieza el ascenso de la Aguja —dijo Ganimard—. Esto se pone serio.

Pero uno de sus hombres lo llamó.

—Jefe, ahí, a la izquierda, hay otra escalera.

E inmediatamente después descubrieron una tercera a la derecha.

—¡Demonios! —murmuró el inspector—. La situación se complica. Si nosotros subimos por aquí, ellos se largarán por ahí.

—Separémonos —propuso Beautrelet.

—No, no... Eso nos debilitaría... Es preferible que alguien vaya a explorar el terreno.

—Yo, si usted quiere...

—Usted, Beautrelet, de acuerdo. Yo me quedaré aquí con mis hombres... Así no tenemos nada que temer. Puede que haya varios caminos por el acantilado y también por la Aguja. Pero, con total seguridad, la única vía de comunicación entre el acantilado y la Aguja es este túnel. Por lo tanto, hay que pasar por esta gruta. Por lo tanto, yo me instalo aquí hasta que usted vuelva. Adelante, Beautrelet, pero tenga mucho cuidado... Ante la mínima amenaza, vuelva aquí a toda prisa...

Isidore desapareció rápidamente por la escalera de en medio. En el trigésimo peldaño, una puerta, una auténtica puerta de madera lo detuvo. Sujetó el pomo y lo giró. No estaba cerrada.

Entró en una sala que le pareció muy baja porque era inmensa. Unas lámparas firmes, sujetas en unos pilares macizos, la iluminaban y entre los pilares se abrían perspectivas profundas. La sala debía de tener casi las mismas dimensiones que la Aguja. Estaba llena de cajas y de muchísimos objetos, muebles, asientos, aparadores, anaqueles, cofrecitos..., un batiburrillo como los que hay en los sótanos de los anticuarios. A derecha e izquierda, Beautrelet vio el hueco de dos escaleras, sin duda las mismas que salían de la gruta inferior. En ese momento, habría podido volver a bajar y avisar a Ganimard. Pero, frente a él, subía otra escalera y sintió la tentación de seguir solo la investigación.

Otros treinta peldaños. Una puerta y luego una sala que a Beautrelet le pareció más pequeña. Y, como siempre, enfrente, otra escalera hacia arriba.

Treinta peldaños de nuevo. Una puerta. Una sala menor...

Beautrelet comprendió el plano de la construcción interior de la Aguja. Una serie de salas superpuestas, por eso eran cada vez más pequeñas. Todas servían de almacén.

En la cuarta, ya no había lámparas. Un poco de luz se filtraba por las grietas y Beautrelet vio el mar a diez metros por debajo.

En ese momento, se sintió muy lejos de Ganimard y empezó a angustiarse; tuvo que dominar los nervios para no poner pies en polvorosa. Ningún peligro lo amenazaba, pero había tanto silencio a su alrededor que pensaba que quizá Lupin y sus cómplices habían abandonado la Aguja.

«En el piso siguiente me detendré».

Otros treinta escalones más, luego otra puerta, esta más ligera, de aspecto más moderno. La empujó despacio, preparado para huir. Nadie. Pero esa sala tenía un uso distinto de las otras. Había tapices en las paredes y alfombras en el suelo. Dos vitrinas magníficas enfrentadas llenas de orfebrería. Las ventanitas, abiertas en las grietas, tenían cristal.

En medio de la habitación, una mesa lujosamente preparada con mantel de encaje, una compotera de frutas, pastas, champán en jarras y flores, montañas de flores.

En la mesa tres cubiertos.

Beautrelet se acercó. Encima de las servilletas había unos tarjetones con los nombres de los comensales.

Primero leyó: «Arsène Lupin».

Enfrente: «Señora de Lupin».

Miró el tercer tarjetón y se sobresaltó. Llevaba su nombre: «Isidore Beautrelet».

X

EL TESORO DE LOS REYES DE FRANCIA

Una cortina se abrió.

—Buenos días, querido Beautrelet, se ha retrasado un poco. El almuerzo estaba previsto para las doce. Pero, bueno, unos minutos tarde... ¿Qué le ocurre? ¿No me reconoce? ¿Tanto he cambiado?

Durante toda la batalla contra Lupin, Beautrelet se había encontrado con muchas sorpresas y aún esperaba vivir más emociones en el desenlace, pero, esta vez, el golpe fue inesperado. Aquello no era una sorpresa, sino algo que lo dejó boquiabierto, horrorizado.

El hombre que tenía enfrente, el hombre que toda la fuerza brutal de los acontecimientos le obligaba a considerar Arsène Lupin, ese hombre era Valméras. ¡Valméras! El propietario del castillo de la Aguja. ¡Valméras!, el mismo al que había pedido ayuda contra Arsène Lupin. ¡Valméras!, su compañero de expedición en Crozant. ¡Valméras, el amigo valeroso que había hecho posible la fuga de Raymonde golpeando, o fingiendo golpear, en la oscuridad del vestíbulo, a un cómplice de Lupin!

—Usted... Usted... ¡Así que es usted! —balbuceó.

—¿Y por qué no? —exclamó Lupin—. ¿Creía usted conocerme definitivamente porque me había visto con un clériman o con el aspecto del señor Massiban? ¡Ay! Cuando has elegido la posición social que yo ocupo, tienes que valerte de tus pequeños talentos mundanos. Si Lupin no pudiera ser cuando se le antojara pastor de la Iglesia reformista o miembro de la Academia de las Inscripciones y Letras Antiguas, sería exasperante ser Lupin. Ahora bien, Lupin, el verdadero Lupin, Beautrelet, ¡aquí está! Míralo bien, Beautrelet... —le dijo tuteándolo.

—Pero, entonces... Si es usted... Entonces... La señorita...

—Pues sí, Beautrelet, tú lo has dicho. —Abrió de nuevo la cortina, hizo un gesto y anunció—: La señora de Arsène Lupin.

—¡Vaya! —murmuró el chico, aún bastante desconcertado—. La señorita de Saint-Véran.

—No, no —protestó Lupin—. La señora de Arsène Lupin o, si prefieres, la señora de Louis Valméras, mi esposa, casados con todas las de la ley. Y gracias a ti, querido Beautrelet. —Lupin tendió la mano a Isidore—. Tienes todo mi agradecimiento y espero que sin rencor por tu parte.

Cosa extraña, Beautrelet no guardaba rencor. Ni ningún sentimiento de humillación. Ni de amargura. Sufría tanto por la enorme superioridad de su adversario que no se avergonzaba de que Lupin lo hubiera vencido. Estrechó la mano que le tendía.

—La comida está servida, señora.

Un criado había dejado en la mesa una bandeja llena de exquisiteces.

—Nos perdonarás, Beautrelet, el cocinero está de vacaciones y nos vemos obligados a servir comida fría. —Beautrelet tenía muy pocas ganas de comer. Pero se sentó, pues la actitud de Lupin le interesaba muchísimo. ¿Qué sabía exactamente? ¿Era consciente del peligro que corría? ¿Ignoraba que Ganimard estaba ahí con sus hombres? Lupin insistió—: Sí, gracias a ti, querido amigo. Realmente, Raymonde y yo nos enamoramos el primer día. Absolutamente, chico... El secuestro de Raymonde y su cautiverio, todo, una broma: nosotros nos queríamos... Pero, ella, y yo tampoco, por cierto, cuando fuimos libres para amarnos, no pudimos admitir que se estableciera entre nosotros una de esas relaciones pasajeras, que están a merced del destino. Así que la situación era insostenible para Lupin. Pero no lo sería si volvía a convertirme en el Louis Valméras que siempre he sido desde niño.

Entonces, puesto que tú no dabas el brazo a torcer y habías encontrado el castillo, se me ocurrió la idea de aprovechar tu tozudez.

—Y mi necedad.

—¡Vamos! ¿Quién no habría caído en la trampa?

—¿De manera que lo consiguió con mi cobertura y mi apoyo?

—¡Pues claro! ¿Cómo iban a sospechar de Valméras, si Valméras era amigo de Beautrelet y acababa de arrebatar a Lupin la mujer que Lupin amaba? Fue muy agradable. ¡Ay, qué bonitos recuerdos! ¡La expedición a Crozant! ¡Los ramos de flores y mi supuesta carta de amor a Raymonde! Luego, ¡las precauciones que yo, Valméras, tuve que tomar contra mí, Lupin, antes de mi boda! ¡Y la noche del famoso banquete, cuando caíste desfallecido en mis brazos! ¡Qué bonitos recuerdos! —Se hizo un silencio. Beautrelet observaba a Raymonde. Ella escuchaba a Lupin sin decir ni una palabra, lo miraba con ojos llenos de amor, de pasión y de algo más que Isidore no sabría definir, una especie de malestar inquieto, como una tristeza imperceptible. Pero Lupin volvió la mirada hacia ella y Raymonde sonrió con ternura. Unieron las manos sobre la mesa—. Beautrelet, ¿qué te parece mi modesta instalación? —le preguntó—. Elegante, ¿no crees? No pretendo que sea el colmo de la comodidad... Pero hubo quienes se conformaron y ninguno eran un don nadie... Mira la lista de varios de los propietarios de la Aguja, que nos hicieron el honor de dejar la marca de su paso por aquí.

En las paredes estaban grabados estos nombres unos debajo de otros:

César. Carlomagno. Rollón. Guillermo el Conquistador.
Ricardo rey de Inglaterra. Luis undécimo. Francisco.
Enrique IV. Luis XIV. Arsène Lupin.

—A partir de ahora, ¿quién escribirá su nombre? —añadió Lupin—. Por desgracia, la lista se ha cerrado. De César a Lupin, y ahí se acaba. Muy pronto, un gentío anónimo vendrá a visitar esta extraña fortaleza. Y pensar que, si no hubiera sido por Lupin, todo esto seguiría siendo desconocido para la humanidad. ¡Ay, Beautrelet, el día que pisé este suelo abandonado, qué sensación de orgullo! ¡Encontrar el secreto perdido y convertirme en su dueño, su único dueño! ¡Heredero de una herencia de esta magnitud! Después de tantos reyes, ¡vivir yo en la Aguja...!

Un gesto de su mujer lo interrumpió. Parecía muy nerviosa.

—Un ruido —dijo Raymonde—. Hay ruidos abajo. ¿No oyes...?

—Es el chapoteo del mar —la tranquilizó Lupin.

—No, por supuesto que no... Conozco el ruido de las olas... Es distinto.

—¿Y quién quieres que sea, querida? —respondió Lupin riendo—. Solo he invitado a Beautrelet a almorzar. —Luego se dirigió al criado—: Charolais, ¿has cerrado las puertas de las escaleras detrás del señor?

—Sí, y he echado los cerrojos.

Lupin se levantó.

—Vamos, Raymonde, no tiembles así... ¡Ay!, ¡estás muy pálida! —Le dijo algo en voz baja y también al criado, levantó la cortina y les pidió que salieran los dos. Abajo, el ruido se definía. Eran unos golpes sordos, repetidos a intervalos regulares. Beautrelet pensó: «Ganimard ha perdido la paciencia y está rompiendo las puertas». Lupin, muy tranquilo y como si de verdad no hubiera oído nada, siguió hablando—: Por ejemplo, ¡la Aguja estaba muy deteriorada cuando conseguí descubrirla! Se notaba perfectamente que, desde hacía siglos, desde Luis XVI y la Revolución, nadie había conocido el secreto. El túnel amenazaba ruina. Las escaleras se desmoronaban. El agua corría por el interior. Tuve que apuntalarla, fortificarla y reconstruirla.

Beautrelet no pudo evitar decir:

—Y cuando llegó, ¿estaba vacía?

—Más o menos. No creo que los reyes utilizaran la Aguja como yo, de almacén.

—¿De refugio?

—Durante las invasiones y las guerras civiles, seguramente, sí. Pero su auténtica utilidad fue ser..., ¿cómo lo diría?, la caja fuerte de los reyes de Francia. —Los golpes se multiplicaban, entonces menos sordos. Ganimard debía de haber tirado la primera puerta y arremetía contra la segunda. Se hizo un silencio, y después otros golpes aún más cerca. Era la tercera puerta. Faltaban dos. Beautrelet vio, por una de las ventanas, los barcos navegando alrededor de la Aguja y cerca de ellos, flotando como un enorme pez negro, el torpedero—. ¡Qué jaleo! —exclamó Lupin—. ¡Así no podemos hablar! Vamos a subir, ¿quieres? A lo mejor te interesa visitar la Aguja. —Fueron a la planta superior; igual que las otras, la protegía una puerta, que Lupin cerró después de pasar—. Mi galería de pintura —explicó Lupin.

Las paredes estaban llenas de telas; Beautrelet leyó inmediatamente las firmas más ilustres. Ahí estaban *La Sagrada Familia del cordero de Dios,* de Rafael; el *Retrato de Lucrecia Fede,* de Andrea del Sarto; la *Salomé* de Tiziano; *La virgen con el Niño y dos ángeles,* de Botticceli; y había otras de Tintoretto, Carpaccio, Rembrandt y Velázquez.

—¡Qué bonitas copias! —comentó Beautrelet.

Lupin lo miró con aire atónito.

—¡Cómo! ¡Copias! ¡Estás loco! Las copias, querido amigo, están en Madrid, en Florencia, Venecia, Múnich y Ámsterdam.

—¿Entonces, estas...?

—Son las telas originales, las que todos los museos de Europa han ido coleccionando con paciencia, y yo las he sustituido honestamente por excelentes copias.

—Pero, cualquier día de estos...

—¿Cualquier día de estos se descubrirá el fraude? ¡Vaya! Pues mi firma aparecerá en todas las telas, por detrás, y se sabrá que yo doté a mi país de las obras maestras originales. Después de todo, solo he hecho lo mismo que Napoleón en Italia... ¡Ah! Mira, Beautrelet, aquí están los cuatro Rubens del señor de Gesvres... —Los golpes no se interrumpían en el hueco de la Aguja—. Esto es inaguantable —protestó Lupin—. Sigamos subiendo. —Otra escalera. Otra puerta—. La sala de tapices —anunció Lupin. Aquí los tapices no estaban colgados, sino enrollados, atados y con etiquetas, y se mezclaban con tejidos antiguos que Lupin desdobló: brocados maravillosos, terciopelos admirables, sedas ligeras en tonos deslavazados, casullas, telas de oro y plata... Subieron más y Beautrelet vio la sala de relojes y péndulos, la sala de libros. ¡Madre mía! Encuadernaciones magníficas, volúmenes preciosos, imposibles de encontrar, ejemplares únicos robados de las bibliotecas más importantes. La sala de encajes y la sala de objetos decorativos. El diámetro de las salas era cada vez menor y el ruido de los golpes sonaba cada vez más lejano. Ganimard perdía terreno—. La última —dijo Lupin—, la sala del tesoro. —Esta era muy diferente. También redonda, pero de techo muy alto con forma cónica, ocupaba la cima del edificio y la base debía de estar a quince o veinte metros de la punta de la Aguja. Por el lado del acantilado no había ninguna ventana. Pero, por el del mar, como no había miedo a las miradas indiscretas, se abrían dos ventanales acristalados, por donde entraba abundante luz. El suelo estaba recubierto de un parqué de madera poco común, con dibujos concéntricos. En las paredes había vitrinas y cuadros—. Las perlas de mis colecciones —añadió Lupin—. Todo lo que has visto hasta ahora está en venta. Unos artículos se van y otros vienen. Así es el oficio. Aquí, en este santuario, todo es sagrado. Solo lo elegido, lo esencial, lo mejor de lo mejor, lo inapreciable. Mira estas joyas, Beautrelet, amuletos caldeos, collares egipcios, brazaletes celtas, cadenas árabes... Mira estas estatuillas, Beautrelet, esta venus griega, este apolo corinto... ¡Estas tanagras, Beautrelet! Todas las figurillas de Tanagra originales están aquí. Fuera de esta vitrina, no hay ni una auténtica en el mundo. ¡Qué gozo poder decir eso! Beautrelet, ¿recuerdas los saqueadores de iglesias del Midi, la banda de Thomas y compañía?, gente a mis órdenes, dicho sea de paso. Pues aquí tienes el relicario de Ambazac, ¡el auténtico, Beautrelet! ¿Recuerdas el escándalo del Louvre, la tiara falsa que había hecho un artista moderno...? Aquí tienes la tiara de Saitafernes, ¡la auténtica, Beautrelet! ¡Mira, Beautrelet, mira bien! Esta es la maravilla de las maravillas, la obra suprema, el pensamiento de un dios, aquí está la *Gioconda* de Da Vinci, la verdadera. ¡De rodillas, Beautrelet, tienes a toda una mujer delante de ti!

Se hizo un largo silencio entre ellos. Abajo, los golpes se acercaban. Dos o tres puertas, no más, los separaban de Ganimard.

En el mar se veía la espalda negra del torpedero y los barcos cruzándose.

—¿Y el tesoro? —preguntó Isidore.

—¡Ay, amigo, eso es lo que más te interesa! ¿Todas las obras maestras del arte humano no te despiertan la misma curiosidad que la contemplación del tesoro? ¡Y todo el gentío será como tú! ¡Vamos, quédate satisfecho! —Dio un golpe muy fuerte en el suelo con el pie y se abrió uno de los dibujos concéntricos del parqué. Lo levantó como la tapadera de una caja y dejó al descubierto una especia de cuba completamente redonda cavada en la roca. Estaba vacía. Un poco más lejos, repitió la maniobra. Apareció otra cuba. También vacía. Así tres veces más. Las otras tres cubas estaban vacías—. ¿Cómo? —dijo Lupin, riendo burlonamente—. ¡Qué decepción! Durante los reinados de Luis XI, Enrique IV y con Richelieu, estas cinco cubas estarían llenas. Pero luego piensa en Luis XIV, ¡la locura de Versalles, las guerras y los grandes desastres de su reinado! Y en Luis XV, ¡el rey derrochador, la Pompadour, la Du Barry! ¡Lo que tuvieron que sacar de aquí! ¡Con qué uñas afiladas debieron rascar la piedra! Ya ves, no queda nada. —Se detuvo—: Sí, Beautrelet, hay algo más, ¡el sexto escondite! Este, intangible... Ninguno de ellos se atrevió a tocarlo jamás. Era el recurso supremo..., digamos la clave, el pan para el hambre. Mira, Beautrelet. —Se agachó y levantó la tapadera. Un cofre de hierro ocupaba toda la cuba. Lupin sacó del bolsillo una llave clásica con estrías y dientes complejos y lo abrió. El contenido los deslumbró. Todas las piedras preciosas brillaban, todos los colores resplandecían, el azul de los zafiros, el fuego de los rubíes, el verde de las esmeraldas, el sol de los topacios   . Mira, mira, amigo. Arrasaron con todas las monedas de oro, todas las monedas de plata, todos los escudos y todos los ducados y todos los doblones, ¡pero el cofre de piedras preciosas está intacto! Mira las monturas. Hay de todas las épocas, de todos los siglos y de todos los países. Aquí están la dote de las reinas, cada una aportó lo suyo, Margarita de Escocia y Carlota de Saboya, María de Inglaterra y Catalina de Médici, y todas las archiduquesas de Austria, Leonor, Isabel, María Teresa y María Antonieta... Beautrelet, ¡mira estas perlas! ¡Y estos diamantes! ¡El tamaño enorme de estos diamantes! ¡No hay uno que no sea digno de una emperatriz! ¡El Regente de Francia no es más hermoso! —Se incorporó y levantó la mano en forma de juramento—: Beautrelet, tú dirás al universo que Lupin no tocó ni una sola piedra del cofre real, ni una, ¡lo juro por mi honor! No tenía derecho. Era la fortuna de Francia. —Abajo, Ganimard se apresuraba. Por cómo sonaban los golpes, era fácil calcular que arremetían contra la antepenúltima puerta, la que daba acceso a la sala de objetos decorativos—. Dejemos el cofre abierto —dijo Lupin— y todas las cubas, todos los pequeños sepulcros vacíos... —Recorrió la sala, examinó algunas vitrinas, contempló unos cuadros y andando con aire pensativo añadió—: ¡Qué tristeza dejar todo esto! ¡Es desgarrador! Las mejores horas de mi vida las he pasado aquí, solo, frente a estos objetos que nunca... ya nunca volveré a ver ni a tocar. —En la cara contraída tenía una expresión tan exhausta que Beautrelet lo compadeció. El dolor en ese hombre debía adquirir unas proporciones mayores que en los demás, igual que la alegría, el orgullo o la humillación. Estaba cerca de la ventana y señalando el horizonte insistía—: Pero más triste aún es abandonar esto, tener que abandonar todo esto. ¿No te parece hermoso? El mar inmenso..., el cielo... A derecha e izquierda, los acantilados de Étretat con sus tres puertas, la puerta de Amont, la puerta de Aval y la Manneporte... Unos arcos de triunfo para el amo... ¡Y yo era el amo! ¡El rey de la aventura! ¡El rey de la Aguja hueca! ¡Un reino extraño y sobrenatural! De César a Lupin, ¡vaya destino! —Estalló en carcajadas—. ¿El rey de la magia? ¿Y por qué eso? Decimos inmediatamente ¡el rey de Yvetot! ¡Menuda broma! ¡Rey del mundo, sí, esa es la verdad! Desde este punto de la Aguja dominaba el universo, ¡lo tenía en las garras como una presa! Levanta la tiara de Saitafernes... ¿Ves esos dos teléfonos? El de la derecha me comunica con París, una línea privada. El de la izquierda con Londres, otra línea privada. ¡Y a través de Londres, con América, Asia y Australia! En todos esos países tengo sucursales, agentes de ventas y ojeadores. Hablamos de tráfico internacional. ¡El gran mercado del arte y las antigüedades, una feria mundial! ¡De verdad, Beautrelet, hay momentos en los que mi poder me marea! Estoy ebrio de fuerza y autoridad... —La puerta de abajo cedió. Se oyó a Ganimard y a sus hombres corriendo y buscando... Un segundo después, Lupin siguió hablando en voz baja—: Y ya está, se acabó... Pasó una niña de pelo rubio, hermosos ojos tristes y alma honrada, sí, honrada, y se acabó... Yo mismo demuelo el formidable edificio... Todo lo demás me parece absurdo y pueril... Solo importa su cabello... Sus ojos tristes... Su alma honrada. —Los hombres subían la escalera. Un golpe hizo tambalear la puerta... Lupin sujetó bruscamente del brazo a Isidore—. ¿Entiendes, Beautrelet, por qué te dejé el campo libre, cuando tantas veces, desde hace semanas, te podría haber aplastado? ¿Entiendes por qué has conseguido llegar hasta aquí? ¿Entiendes que haya entregado a cada uno de mis hombres su parte del botín y que te los cruzaras la otra noche en el acantilado? Lo comprendes, ¿verdad? La Aguja hueca es la Aventura. Mientras sea mía, yo seré el aventurero. Cuando recuperen la Aguja, todo mi pasado se alejará de mí y empieza el futuro, un futuro de paz y felicidad y en ese futuro solo me sonrojaré cuando los ojos de Raymonde me miren, un futuro... —Se volvió furioso hacia la puerta—. ¡Cállate, Ganimard, no he terminado mi perorata! —Los golpes se precipitaban, parecía el impacto de una viga lanzada contra la puerta. Beautrelet, de pie frente a Lupin, loco de curiosidad, esperaba los acontecimientos, pero no entendía su juego. Que entregara la Aguja, de acuerdo, pero ¿por qué se entregaba él? ¿Cuál era su plan? ¿Esperaba escapar de Ganimard? Y, por otra parte, ¿dónde estaba Raymonde? Sin embargo, Lupin murmuraba pensativo—: Honrado... Arsène Lupin honrado... No más robos... Vivir como todo el mundo... ¿Por qué no? No hay ningún motivo para que no tenga el mismo éxito... Pero ¡déjame en paz, Ganimard! ¡No te das cuenta, perfecto idiota, de que estoy pronunciando unas palabras históricas y que Beautrelet las recoge para nuestros nietos! —Se echó a reír—. Pierdo el tiempo. Ganimard nunca entenderá la utilidad de mis palabras históricas.

Agarró un trozo de tiza roja, acercó una escalerilla a la pared y escribió con letras grandes:

Arsène Lupin lega a Francia todos los tesoros de la Aguja hueca, con la única condición de que se expongan en el museo del Louvre, en unas salas que se llamarán «Salas Arsène Lupin».

—Ahora —dijo—, tengo la conciencia en paz. Francia y yo estamos en paz. —Los atacantes golpeaban con todas sus fuerzas. Reventaron un panel de la puerta. Una mano pasó, buscando la cerradura—. Maldita sea —juró Lupin—, por una vez, Ganimard es capaz de llegar hasta el final. —Saltó a la cerradura y quitó la llave—. Crac, viejo amigo, esta puerta es sólida... Tengo tiempo... Beautrelet, me despido... ¡Y gracias...! Porque, francamente, podrías haberme complicado la ofensiva... ¡Pero tú eres una persona delicada! —Se había dirigido hacia un tríptico enorme de Van der Weyden que representaba a los Reyes Magos. Dobló la parte derecha y dejó al descubierto una puertecita, sujetó el pomo—. ¡Buena caza, Ganimard, y recuerdos en casa! —Un disparo lo retuvo. Dio un salto atrás— ¡Ay, canalla, en todo el corazón! ¿Has recibido lecciones? ¡Escacharrado el Rey Mago! ¡En todo el corazón! Hecho trizas como una diana de tiro de feria...

—¡Lupin, ríndete! —gritó Ganimard, cuyo revólver aparecía por el hueco del panel roto y se le veían los ojos echando chispas...—. ¡Ríndete, Lupin!

—¿Y se rinde la guardia?

—Si te mueves, te mato...

—¡Vamos, hombre, desde ahí no puedes darme! —De hecho, Lupin se había alejado y, aunque Ganimard, por el agujero de la puerta, pudiera disparar recto hacia adelante, no podía disparar y menos apuntar hacia donde estaba Lupin. Pero la situación del aventurero también era terrible, porque la salida con la que contaba, la puertecita del tríptico, se abría frente a Ganimard. Intentar la huida era exponerse al fuego del policía... y le quedaban cinco balas en el revólver—. ¡Demonios! —dijo riendo—. Mis acciones están a la baja. Bien hecho, amigo Lupin, has querido vivir la última sensación y has estirado demasiado la cuerda. No hacía falta parlotear tanto.

Se pegó a la pared. Otro panel de la puerta cedió con la fuerza de los hombres y Ganimard lo tenía más fácil. Tres metros, no más, separaban a los dos adversarios. Pero una vitrina de madera dorada protegía a Lupin.

—Ayuda, Beautrelet —gritó el viejo policía, que rechinaba de rabia—. ¡Dispárale en lugar de quedarte mirando!

Efectivamente, Isidore no se había movido. Hasta entonces había sido un espectador apasionado pero indeciso. Habría querido con todas sus fuerzas unirse a la lucha y abatir la presa que tenía a su alcance, pero un sentimiento confuso se lo impedía.

El grito de Ganimard le hizo reaccionar. Se le crispó la mano en la culata del revólver.

«Si tomo partido, Lupin está perdido —pensó—. Y estoy en mi derecho... Es mi deber».

Se cruzaron las miradas. La de Lupin era tranquila, atenta, casi curiosa, como si de todo el peligro espantoso que lo amenazaba solo le interesara el problema moral que atenazaba al muchacho. ¿Se decidiría Isidore a dar el tiro de gracia al enemigo vencido?

La puerta se rompió de arriba abajo.

—Ayuda, Beautrelet, lo tenemos —vociferó Ganimard.

Isidore levantó el revólver.

Lo que ocurrió a continuación sucedió tan rápido que Beautrelet solo fue consciente más tarde, por así decir. Vio a Lupin corriendo agachado junto a la pared, rozar la puerta, por debajo del arma que Ganimard blandía inútilmente y, de pronto, Beautrelet sintió que una fuerza invencible lo tiraba al suelo, lo sujetaba y lo levantaba inmediatamente.

Lupin lo tenía en el aire, como un escudo humano, y se escondía detrás de él.

—¡Diez contra uno a que me escapo, Ganimard! Ya ves, Lupin siempre tiene recursos... —Había retrocedido rápidamente hacia el tríptico. Con una mano sujetaba a Beautrelet, aplastándolo contra su pecho, con la otra despejó la salida y volvió a cerrar la puertecita. Estaba a salvo... Inmediatamente apareció una escalera delante de ellos, que bajaba bruscamente—. Vamos —dijo Lupin empujando a Beautrelet por delante de él—. El ejército de tierra está vencido... Ahora nos ocuparemos de la flota francesa. Después de Waterloo y Trafalgar... ¡Eh, amigo, sacarás partido de esto! ¡Vaya! Qué gracioso, ahí siguen, golpeando el tríptico... Demasiado tarde, chicos... Pero corre, Beautrelet... —La escalera, cavada en la pared de la Aguja, en la propia corteza, giraba alrededor de la pirámide, rodeándola como la espiral de un tobogán. Lupin apremiaba a Beautrelet, bajaban los escalones de dos en dos, de tres en tres. De vez en cuando, entraba un chorro de luz por una grieta y Beautrelet se llevaba la imagen de los pesqueros maniobrando a unas decenas de brazas y del torpedero negro... Bajaban y bajaban, Isidore callado, Lupin como siempre exultante—. Me gustaría saber qué está haciendo Ganimard. ¿Bajar por las otras escaleras para cerrarme el paso a la entrada del túnel? No, no es tan tonto... Habrá dejado allí a cuatro hombres... y cuatro hombres son suficientes. —Lupin se detuvo—. Escucha... Están gritando ahí arriba... Eso es, habrán abierto la ventana para avisar a la flota... Mira, hay movimiento en los barcos... Intercambian señales... El torpedero se mueve... ¡Bravo, torpedero! Te reconozco, vienes de El Havre... Cañoneros, a vuestros puestos... ¡Madre mía! Ahí está el comandante... Buenos días, Duguay-Trouin. —Sacó el brazo por una ventana y agitó el pañuelo. Luego continuó la marcha—. La flota enemiga rema con fuerza. El abordaje es inminente. ¡Dios mío, qué divertido!

Oyeron unas voces por debajo de ellos. En ese momento, se acercaban al nivel del mar y, casi inmediatamente, desembocaron en una gruta grande donde dos linternas se movían de un lado a otro en la oscuridad. Apareció una sombra ¡y una mujer se lanzó al cuello de Lupin!

—¡Rápido, rápido! Estaba preocupada. ¿Qué hacías? Pero ¿no vienes solo?

Lupin la tranquilizó.

—Es nuestro amigo Beautrelet. Figúrate, nuestro amigo Beautrelet ha tenido la delicadeza... Pero ya te contaré todo, no tenemos tiempo. Charolais, ¿estás ahí...? Bien. ¿Y el barco?

—El barco está preparado —respondió Charolais.

—Arranca —ordenó Lupin. Al instante, se oyó un motor y Beautrelet, que poco a poco se acostumbraba a ver en la semioscuridad, acabó por darse cuenta de que estaban en una especie de muelle, al borde del agua, y que delante de ellos flotaba una lancha—. Una lancha motora —dijo Lupin, para terminar de explicar la situación a Beautrelet—. ¡Eh!, amigo Isidore, te he dejado impresionado. ¿Lo entiendes? El agua que ves es el agua del mar que se filtra con la marea en esta gruta, y el resultado es que tengo aquí un pequeño puerto invisible y seguro...

—Y cerrado —dijo Beautrelet—. Nadie puede entrar aquí, pero tampoco salir.

—Sí, yo, sí —aseguró Lupin— y te lo demostraré. —Primero acompañó a Raymonde, luego volvió a buscar a Beautrelet. El chico titubeó—. ¿Tienes miedo? —le preguntó Lupin.

—¿De qué?

—¿De que nos hunda el torpedero?

—No.

—Entonces, ¿estás pensando si tu deber es quedarte al lado de Ganimard, de la justicia, la sociedad y la moral, en lugar de irte con Lupin, vergüenza, infamia y deshonor?

—Exactamente.

—Por desgracia, amigo, no puedes elegir... De momento, deben creer que los dos hemos muerto... así tendré la paz que se merece un futuro hombre honrado. Después, cuando te devuelva la libertad, lo contarás todo a tu antojo, yo ya no tendré nada que temer. —Por cómo le apretaba el brazo, Beautrelet tuvo la sensación de que cualquier resistencia sería inútil. ¿Y por qué resistirse? ¿No tenía derecho a dejarse llevar por la inmensa simpatía que, pese a todo, sentía por ese hombre? Tuvo tan claro ese sentimiento que le entraron ganas de decirle: «Escuche, corre otro peligro más grave: Sholmès le sigue la pista...»—. Vamos —le ordenó Lupin, antes de que se decidiera a hablar. Obedeció y subió con él al barco, cuya forma le pareció singular y el aspecto completamente inesperado. Desde el puente, bajaron por una escalerita abrupta, más bien una escala, sujeta a un escotillón que se cerró por encima de ellos. Abajo había un camarote, fuertemente iluminado con una lámpara, muy reducido; allí ya estaba Raymonde, justo había espacio para que se sentaran los tres. Lupin descolgó un cuerno acústico y ordenó—: En marcha, Charolais. —Isidore tuvo la misma desagradable sensación que se siente al bajar en ascensor, la sensación de que el suelo, la tierra falla bajo tus pies, la sensación de vacío. Esta vez, fallaba el agua y el vacío se entreabría lentamente...—. ¿Cómo? Nos hundimos —dijo Lupin con sorna—. Tranquilízate, solo será para pasar de la gruta superior en la que estábamos a otra menor, más abajo, semiabierta al mar, adonde se puede entrar con marea baja... Todos los pescadores de molusco la conocen. ¡Ah! Diez segundos de parada..., pasamos..., ¡y el paso es muy estrecho! Justo del tamaño del submarino...

—Pero —preguntó Beautrelet— ¿cómo puede ser que los pescadores que entran en la gruta inferior no sepan que tiene un boquete arriba y que comunica con otra gruta desde donde sale una escalera que recorre la Aguja? Eso lo puede ver el primero que llegue.

—¡Error, Beautrelet! Durante la marea baja, la bóveda de la gruta pequeña está cerrada con un techo móvil, color de roca, que el mar cuando sube desplaza y levanta y cuando baja vuelve a colocarlo herméticamente arriba de la gruta pequeña. Por eso, puedo pasar con la marea alta... ¿A que es ingenioso...? Idea de un servidor... Es verdad que ni César ni Luis XIV, ninguno de mis antepasados, en definitiva, habría podido usarlo, porque no disfrutaron de un submarino… Ellos se conformaban con la escalera que entonces llegaba hasta la gruta inferior. Yo eliminé los últimos peldaños e inventé el techó móvil. Un regalo que hago a Francia… Raymonde, querida, apaga la lámpara que tienes al lado, ya no la necesitamos, al contrario. —Así era; una pálida claridad, que parecía del mismo color del mar, los había recibido al salir de la gruta y entraba en la cabina a través de dos ojos de buey y de una gran bóveda de cristal que sobresalía del suelo del puente y permitía examinar las capas superiores del mar. Enseguida una sombra se deslizó por encima de ellos—. Van a atacar. La flota enemiga rodea la Aguja. Pero, por muy hueca que esté la Aguja, yo me pregunto cómo van a entrar —Se puso el cuerno acústico en la boca—: Charolais, no nos separemos del fondo… ¿Que a dónde vamos? Ya te lo he dicho… A Puerto Lupin y a toda velocidad, ¡eh! Tiene que haber agua para atracar… Una mujer viaja con nosotros. —Rozaban la planicie de roca. Las algas que levantaban a su paso se alzaban como una pesada vegetación negra y las corrientes profundas las ondulaban con gracia, se aflojaban y se estiraban como el cabello flotando. Otra sombra, más larga—. Es el torpedero —aseguró Lupin—, el cañón va a hacerse oír… ¿Qué pretende Duguay-Trouin? ¿Bombardear la Aguja? ¡Lo que nos perdemos, Beautrelet, por no asistir al encuentro entre Duguay-Trouin y Ganimard! ¡La reunión de las fuerzas terrestres y las navales! ¡Eh, Charolais! Nos dormimos… —Pero iban volando. Las rocas habían dejado paso a los bancos de arena; luego, casi inmediatamente, vieron otras rocas, que indicaban la punta derecha de Étretat, la puerta de Amont. Los peces huían cuando se acercaba el submarino. Uno, el más atrevido, se asomó al ojo de buey y los miraba fijamente con unos grandes ojos inmóviles—. En buena hora nos marchamos —gritó Lupin—. Beautrelet, ¿qué te parece mi cascarón? No está mal, ¿eh? Recuerdas la aventura del «Siete de corazones»,[9] el miserable final del ingeniero Lacombe y que después de castigar a los asesinos, yo entregué al Estado los documentos y los planos para la construcción de un nuevo submarino, otro regalo más a Francia. Pues bien,

---

9   «El siete de corazones», en *Arsène Lupin, caballero ladrón*, ed. Alma, Barcelona, 2022.

de esos planos, yo me quedé con los de una lancha motora sumergible, así tú tienes el honor de navegar conmigo. —Se dirigió a Charolais—: Súbenos a la superficie, ya no hay peligro...

Se precipitaron hasta la superficie y la campana de cristal emergió... Estaban a una milla de la costa, por lo tanto, fuera del alcance de la vista. Entonces, Beautrelet pudo comprobar mejor la vertiginosa velocidad a la que navegaban.

Primero pasaron por delante de Fécamp y luego por todas las playas normandas: Saint-Pierre, Les Petites-Dalles, Veulettes, Saint-Valéry, Veules y Quiberville.

Lupin seguía bromeando e Isidore no se cansaba de mirarlo y escucharlo; le fascinaba la elocuencia de ese hombre, su alegría, sus chiquilladas, su irónica despreocupación y su manera de disfrutar de la vida.

También observaba a Raymonde. La joven estaba callada, acurrucada junto al hombre que amaba. Tenía las manos de Lupin entre las suyas, a menudo lo miraba; Beautrelet notó que varias veces se le crisparon un poco las manos y que la tristeza de sus ojos se acentuó. Y eso siempre era como una respuesta muda y dolorosa a las ocurrencias de Lupin. Parecía que su ligereza al hablar y su visión sarcástica de la vida la hacían sufrir.

—Cállate —murmuró Raymonde—, reírte es desafiar al destino... ¡Aún pueden esperarnos muchas desgracias!

Frente a Dieppe, tuvieron que sumergirse para que los pesqueros no los vieran. Veinte minutos después, se desviaron hacia la costa y la lancha entró en un puerto submarino pequeño que se había formado en un corte irregular de las rocas, se colocó en paralelo a un rompeolas y subió despacio hasta la superficie.

—Puerto Lupin —anunció el aventurero. Aquel lugar, a tres leguas de Tréport, protegido, a derecha e izquierda, por dos desprendimientos del acantilado, estaba completamente desierto. Una arena fina tapizaba la pendiente de la pequeña playa—. Beautrelet, a tierra... Raymonde, dame la mano... Charolais, tú ve a la Aguja a ver qué pasa con Ganimard y Duguay-Trouin y al caer la tarde vuelve para informarme. ¡Me apasiona este asunto! —Beautrelet estaba pensando con cierta curiosidad cómo iban a salir de aquella bahía aprisionada que se llamaba Puerto Lupin cuando vio al pie del acantilado los peldaños de una escalera de hierro—. Isidore —dijo Lupin—, si conocieras la geografía y la historia de tu país, sabrías que estamos al pie de la garganta de Parfonval, en el municipio de Biville. Hace más de un siglo, la noche del 23 de agosto de 1803, Georges Cadoudal y seis de sus acólitos desembarcaron en Francia con la intención de secuestrar al primer cónsul Bonaparte y subieron por el camino que voy a enseñarte. Desde entonces, dos desprendimientos demolieron ese camino. Pero Valméras, más conocido como Arsène Lupin, lo mandó reconstruir a su costa y compró la granja de la Neuvillette, donde los conjurados pasaron la primera noche y donde él, retirado de los negocios y sin ningún interés por los asuntos mundanos, vivirá, con su madre y su mujer, la vida respetable de un terrateniente. ¡El caballero ladrón ha muerto, viva el caballero granjero! —Después de la escalera, había como un estrangulamiento del terreno, un barranco empinado que el agua de la lluvia había cavado, y a un lado del barranco había algo parecido a otra escalera con un pasamanos para sujetarse. Lupin explicó que ese pasamanos se había colocado en lugar del *estamperche* original, que era una cuerda larga sujeta a unas estacas, que los lugareños usaban antiguamente para ayudarse a bajar a la playa... Después de media hora subiendo, llegaron a la planicie, cerca de una de esas chozas cavada en la tierra, donde se cobijan los aduaneros de la costa. Y justamente a la vuelta del sendero, apareció un aduanero—. ¿Alguna novedad, Gomel? —preguntó Lupin.

—Nada, jefe.

—¿Nadie sospechoso?

—No jefe... Pero...

—¿Qué?

—Mi mujer... que es costurera en Neuvillette...

—Sí, lo sé, Césarine... ¿Y qué?

—Parece ser que esta mañana andaba merodeando un marinero.

—¿Y qué pinta tenía ese marinero?

—Nada normal... Pinta de inglés.

—¡Vaya! —protestó Lupin, preocupado—. Y le has dicho a Césarine...

—Sí, jefe, que mantenga los ojos abiertos.

—Está bien, vigila cuando regrese Charolais, dentro de dos o tres horas... Si ocurre algo, estoy en la granja. —Continuaron el camino y Lupin le dijo a Beautrelet—: Estoy preocupado... ¿Será Sholmès? ¡Uy! Si fuera él y desesperado como debe de estar, sería muy peligroso. —Dudó un instante—. Estoy pensando que deberíamos dar media vuelta... Sí, tengo un mal presentimiento... —Unas llanuras ligeramente onduladas se extendían hasta donde alcanzaba la vista. Un poco a la izquierda, una hermosa senda de árboles llevaba a la granja de Neuvillette, cuyos edificios ya se veían. Esa granja era el retiro que Lupin había preparado, el remanso de paz que había prometido a Raymonde. ¿Iba a renunciar a la felicidad por un absurdo presentimiento, en el preciso instante en el que conseguía su objetivo? Sujetó a Isidore del brazo y, señalando a Raymonde, que caminaba por delante, le dijo—: Mírala. Cuando camina su cintura se balancea un poco y no puedo mirarla sin temblar... Pero todo en ella me hace temblar de emoción y de amor, sus movimientos y también su quietud, su silencio y el sonido de su voz. Solo el hecho de caminar tras sus pasos me provoca verdadera serenidad. ¡Ay! Beautrelet, ¿algún día olvidará que fui Lupin? ¿Conseguiré borrar de su recuerdo todo este pasado que ella detesta? —Lupin se dominó y con una firmeza obstinada añadió—: ¡Lo olvidará! —aseguró—. Lo olvidará porque he sacrificado todo por ella. He sacrificado el refugio inviolable de la Aguja hueca, he sacrificado los tesoros, mi poder y mi orgullo... Lo sacrificaría todo... Solo quiero ser... Solo quiero ser un hombre enamorado... Un hombre honrado, porque ella solo puede amar a un hombre honrado... Después de todo, ¿qué más da ser honrado? No es más deshonroso que otras cosas. —La broma, por así decir, se le escapó al final. El tono seguía siendo grave, sin ironía. Y murmuraba con violencia contenida—: ¡Ay!, ¿te das cuenta, Beautrelet?, ni una de las alegrías desenfrenadas que he disfrutado en mi vida de aventurero vale la alegría que me proporciona su mirada, cuando está satisfecha de mí... Entonces, me siento completamente débil... y tengo ganas de llorar... —¿Estaba llorando? Beautrelet intuyó que las lágrimas le empañaban los ojos. ¡Lágrimas en los ojos de Lupin! ¡Lágrimas de amor! Se acercaban a una vieja puerta que daba entrada a la granja. Lupin se detuvo un segundo y masculló—: ¿Por qué tengo miedo? Es como una opresión... ¿No habrá acabado la aventura de la Aguja hueca? ¿No acepta el destino el desenlace que yo he elegido?

Raymonde se volvió muy preocupada.

—Ahí está Césarine. Viene corriendo...

Así era, la mujer del aduanero llegaba de la granja a toda prisa. Lupin se precipitó hacia ella.

—¡Qué! ¿Qué ocurre? ¡Di algo, por favor! —le pidió.

Césarine, sofocada, sin aliento, balbuceó:

—Un hombre... Hay un hombre en el salón.

—¿El inglés de la mañana?

—Sí. Pero disfrazado de otra manera...

—¿Te ha visto?

—No. Ha visto a su madre. La señora Valméras lo sorprendió cuando se iba.

—¿Y qué?

—Le ha dicho que buscaba a Louis Valméras, que era amigo suyo.

—¿Y?

—La señora le ha respondido que su hijo está haciendo un viaje... de años...

—¿Y se ha marchado?

—No. Ha hecho señas por la ventana que da al llano, como si llamara a alguien.

Lupin pareció dudar. Un tremendo grito desgarró el aire.

—Es tu madre.... Reconozco... —dijo Raymonde con un gemido.

Lupin se precipitó hacia ella y la arrastró, frenético.

—Ven... Huyamos... Tú primero. —Pero inmediatamente se detuvo, enloquecido, trastornado—: No, no puedo, es abominable... Perdóname, Raymonde... La pobre mujer... Tú quédate aquí... Beautrelet, no te separes de ella. —Se lanzó por el talud que rodea la granja, giró y siguió corriendo hasta cerca de la puerta de la valla que se abre a la llanura. Raymonde, a la que Beautrelet no había conseguido retener, llegó casi al mismo tiempo que él, e Isidore, oculto detrás de los árboles, vio, en la senda desierta que lleva de la granja a la valla, a tres hombres: uno de ellos, el más fuerte, en cabeza, los otros dos sujetaban por los brazos a una mujer que intentaba resistirse y lanzaba gritos de dolor. El sol empezaba a ocultarse. Pero Beautrelet reconoció a Herlock Sholmès. La mujer era mayor. El pelo blanco rodeaba un rostro lívido. Los cuatro se acercaban. Llegaron a la valla. Sholmès abrió un batiente de la puerta. Entonces, Lupin avanzó y se plantó delante de él. El choque pareció mucho más terrible porque se produjo en silencio, casi solemne. Durante un buen rato los dos enemigos se midieron con la mirada. El mismo odio convulsionaba sus caras, no se movían. Lupin pronunció con una calma aterradora—: Ordena a tus hombres que dejen a esa mujer.

—¡No!

Parecía que tanto uno como otro temían iniciar la lucha suprema y que los dos hacían acopio de todas sus fuerzas. Esta vez, sin palabras inútiles y sin provocaciones insidiosas. Solo silencio, un silencio mortal.

Raymonde, loca de angustia, esperaba el desenlace del duelo. Beautrelet la sujetaba del brazo y le impedía moverse.

—Ordena a tus hombres que dejen a esa mujer —repitió al instante Lupin.

—¡No!

—Escucha, Sholmès... —empezó a decir Lupin.

Pero se interrumpió, comprendía lo estúpido de esas palabras. Frente a ese coloso de orgullo y voluntad que se llamaba Sholmès, ¿qué significado tenían las amenazas?

Decidido a todo, bruscamente, se llevó la mano al bolsillo de la chaqueta. El inglés dio un salto hacia la prisionera, le puso el cañón del revólver a dos dedos de la sien y le advirtió.

—Lupin, ni un movimiento o disparo.

Al mismo tiempo, los dos esbirros sacaron las armas y apuntaron a Lupin. Arsène se mantuvo firme, dominó la rabia que le sublevaba por dentro, con frialdad y las dos manos en los bolsillos, exponiendo el cuerpo al enemigo, e insistió:

—Sholmès, por tercera vez, deja a esa mujer tranquila.

—¡Ah!, ¿quizá no podemos tocarla? —se burló el inglés—. ¡Vamos, vamos, ya basta de bromas! Tú no te llamas ni Valméras ni Lupin, ese nombre también lo robaste, igual que el de Charmerace. Y la que haces pasar por tu madre es Victoire, tu vieja cómplice, la mujer que te crio... —Sholmès cometió un error. Dejándose llevar por su deseo de venganza, miró a Raymonde, horrorizada ante aquella revelación. Lupin aprovechó la imprudencia. Con un movimiento rápido, disparó—. ¡Maldita sea! —chilló Sholmès, cuyo brazo, donde la bala le había dado, había caído a lo largo del cuerpo. E increpó a sus hombres—: ¡Vosotros dos, disparad! ¡Que disparéis!

Pero Lupin había saltado sobre ellos y, ni dos segundos más tarde, el de la derecha rodaba por el suelo, con el pecho destrozado, y el de la izquierda se desplomaba sobre la valla con la mandíbula rota.

—Victoire, deprisa... Átalos... Y ahora, inglés, solo quedamos tú y yo.

Sholmès se agachó soltando juramentos.

—Desde luego, canalla...

Sholmès había recogido el arma con la mano izquierda y apuntaba a Lupin.

Un disparo... Un grito de angustia... Raymonde se había abalanzado entre los dos hombres, de frente al inglés. La muchacha se tambaleó, se llevó la mano a la garganta, se enderezó, dio media vuelta y cayó a los pies de Lupin.

—¡Raymonde! ¡Raymonde! —Lupin se lanzó sobre ella y la abrazó—. Está muerta —dijo.

Todos se quedaron petrificados unos instantes. Sholmès parecía desconcertado por lo que acababa de hacer. Victoria balbuceaba:

—Hijo mío... Hijo mío...

Beautrelet se acercó a la muchacha y se inclinó para examinarla. Lupin repetía: «Muerta... muerta...», con un tono reflexivo, como si aún no lo entendiera.

Pero de repente las facciones se le endurecieron y su rostro se transformó, devastado por el dolor. Y entonces lo sacudió una especie de crisis; hacía gestos irracionales, se retorcía las manos, pataleaba como un niño pequeño que sufre demasiado.

—¡Miserable! —gritó de pronto, con un ataque de ira.

De un golpe formidable derribó a Sholmès, lo sujetó del cuello y le hundió los dedos crispados en la carne. El inglés renegaba, sin siquiera luchar.

—Hijo mío, hijo mío —le suplicó Victoire.

Beautrelet acudió en ayuda de Sholmès, pero Lupin ya lo había soltado y, cerca de su enemigo, en el suelo, sollozaba.

¡Qué penoso espectáculo! Beautrelet jamás olvidaría el trágico horror de aquella situación, él que conocía todo el amor de Lupin por Raymonde y todo lo que el gran aventurero había sacrificado voluntariamente para animar el rostro de su amada con una sonrisa.

La noche comenzaba a cubrir con un sudario de sombra el campo de batalla. Los tres ingleses atados y amordazados estaban tumbados en la hierba sin cortar. Unas canciones arrullaron el impresionante silencio de la llanura. Eran las gentes de Neuvillette que volvían del trabajo.

Lupin se incorporó. Se quedó escuchando las voces monótonas. Luego miró la granja feliz donde había esperado vivir tranquilamente con Raymonde. Luego la miró a ella, a la pobre enamorada a quien el amor había matado, quien, muy pálida, dormía ya el sueño eterno.

Pero los campesinos se acercaban. Entonces, Lupin se inclinó, agarró a la muerta en sus poderosos brazos, la levantó de un movimiento y se la echó doblada al hombro.

—Vámonos de aquí, Victoire.

—Vámonos, hijo mío.

—Adiós, Beautrelet —se despidió Lupin.

Y, cargando con el precioso y horrible fardo, con la vieja criada detrás, silencioso, lleno de rabia, se marchó hacia el mar y se internó en la profunda oscuridad.

TÍTULOS DE LA COLECCIÓN:

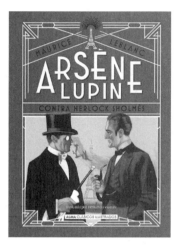

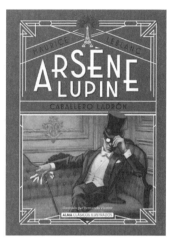

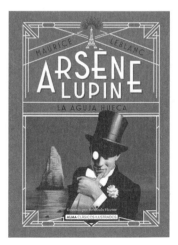

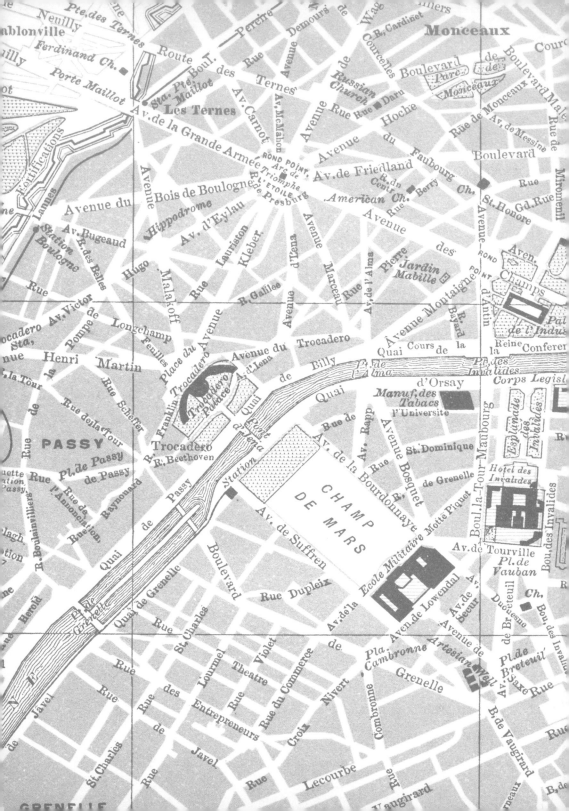